아무튼, 라디오

KB204544

아무튼, 라디오

이애월

제철소

차례

오프닝 멘트

이사를 자주 해본 사람은 알 거예요. 집 안의 물건이 새로 제 자리를 찾고, 낯선 냄새가 익숙한 향기로 바뀌면서 비로소 내 집이라고 느껴지는 순간이 있잖아요.

저는 짐 정리가 어느 정도 끝난 아침 늘 듣는 라디오 프로그램을 그 공간에서 들을 때에야 실감이 나요. '아, 이제 여기가 내 집이구나.' 즐겨 듣는 라디오 프로그램 DJ는, 그 목소리는 이사한 집의 첫 집들이 손님이 되어주고는 했죠.

어딘가를 자신의 공간으로 만들 때 라디오를 가장 먼저 켜두는 사람, 이토록 라디오를 친애하는 저의 이야기를 이제부터 들어주시겠어요?

작명의 역사

내게는 놀라운 능력이 있다. 능력보다는 고집이라는 단어가 더 적절할 수도 있겠다. 그저 꼴통에 가까운 고집쟁이라고 해야 할까. 평소의 나라면 하지 않았을 일, 할 수 없는 일, 엄두도 내지 못했던 일에 도전을 하고, 결국 해낸다. 누구의 시선을 신경 쓰고 말고 할 겨를도 없이, 현실적으로 가능한지 그 실현 가능성은 어느 정도인지 같은 걸 계산할 틈도 없이 '그 일은 반드시 해야 하는 일이고, 나는 무조건 한다, 해내고 만다'라는 문장만 기억하며 끝날 때까지 그 방향으로 내달리는 것이다. 그래서 뒤돌아보면 '내가 이런 것도 가능한 사람이었어?' 나조차도 의아하지만, 또 '굳이 그럴 필요가 있었을까?' 고개를 갸웃하게도 되지만 너무도 열심히 외곬으로 향하는 그런 때가 있다. 그날도 그랬다.

   운동신경 없는 내가, 전 과목 중 체육을 가장 싫어했던 내가, 100미터 단거리달리기 최후의 기록이 38초인 내가 학교에서 집까지 족히 1킬로미터가 넘는 거리를 잠깐 멈춰 숨 고르는 일조차 없이 단숨에 달려서 5분 남짓 만에 도착했던 기억(어린이 시절에도 몸으로 뛰어 노는 일이 드물어서 100미터 달리기와 오래달리기를 했던 체력 검정 날, 1년에 단 하루를 제외하면 숨차게 달린 기억은 전무후무함). 그날 나는 열렬히 좋아하던 가수가 방학을 맞아 어느 라디오 프로그램에 출연한다는 소식에 방송을 1초도 놓치지 않고 처음부터 듣기 위해 전력을 다해서, 아니 사력을 다해서 뛰었다.

〈2시의 데이트 김기덕입니다〉(이하 〈2시의 데이트〉)는 처음으로 애청하게 된 라디오 프로그램이었다. 오후 2시 전에 수업이 끝나는 날이나(보통 5교시로 마치는 금요일) 주말이면 이 방송을 들으려고 누가 재미있는 데로 놀러 가자고 해도, 좋은 일이 있다고 외출하자고 해도 꿈쩍하지 않았다(부모님의 주말 돈까스 외식 제안도 거절할 정도). 이제 막 연예인에 관심이 생긴 데다 때로 신나고 때로 감성 깊은 곳을 건드리는 가요와 팝송을 한참 찾아서 듣던 때였다. 라디오에서 듣기 좋은 음악이 흘러나오면 '대체 이런 음악들은 그동안 어디 있었던 걸까?' 감탄하면서 스프링 연습장에 가요와 팝송의 가사를 들리는 대로 적어 외우며 새로운 음악을 알아가는 재미에 한껏 빠져들었다.

이날 〈2시의 데이트〉는 며칠 전부터 예고했던 '방학 특집 초대석'을 방송할 예정이었다. 방학이 시작되지도 않았는데 금요일에 방학 특집이라니(이 무렵 대다수 초등학생의 방학은 같은 날 시작되었고, 주 5일제 시행 전이라 방학식은 주로 토요일이었다). 대체 왜 진짜 방학이 시작되는 토요일이 아니라 금요일에 방학 특집을 하는지 투덜거릴 틈이 없었다. 내가 당시 처음으로 좋아했던 연예인은 방송에 자주 출연하는 사람이 아니었고, 〈2시의 데이트〉는 출연자가 노래 한 곡 부르고 인사 꾸벅 한 뒤 금방 화면에서 사라지는 가요 프로그램도 아니었으니까. 요즘 말로 최애의 얘기를 한 시간 내내 들을 수 있는 귀한 기회를 놓칠까 봐 나는 애가 탔다.

그 시절 나는 가수 이문세 씨를 정말 열심히 좋아했다. 〈사랑이 지나가면〉〈밤이 머무는 곳에〉〈이별 이야기〉〈그대 나를 보면〉〈가을이 오면〉〈깊은 밤을 날아서〉〈슬픈 미소〉〈굿바이(Good Bye)〉〈그녀의 웃음소리뿐〉〈어허야 둥기둥기〉. 그의 4집 앨범은 지금도 당시 테이프 A면 첫 곡이던 〈사랑이 지나가면〉에서 B면 끝 곡인 건전가요 〈어허야 둥기둥기〉까지 모두 외워서 부를 수 있다. 가수들이 출연할 TV 프로그램이 많지 않기도 했지만, 최전성기였던 4집과 5집 시절의 이문세 씨는 TV보다 라디오 위주로 활동을 했다. 〈별이 빛나는 밤에〉를 매일 진행하던 시절이어서 다른 라디오 프로그램에 출연하는 경우도 흔치 않았다. 해서 이문세 씨가 출연한다는 라디오 초대석은 팬에게는 아주 드물고 귀한 기회였다.

5교시 수업이 끝나면 오후 1시 반. 평소 금요일의 귀가 패턴은 청소와 종례 시간을 마친 뒤 문방구에 예쁜 펜이나 흥미로운 장난감이 새로 들어왔는지 괜히 얼쩡거리거나, 집으로 가는 길 중간쯤에 있는 중고등학교 운동장에서 언니 오빠들이 체육 시간에 어떤 걸 하는지 구경하며 해찰하다가 2시가 다 뒤야, 2시 반이 훌쩍 넘어 집에 도착하고는 했다. 수업과 청소, 종례만 마치고 바로 와도 2시 전후. 별다른 일 없이도 2시를 넘기기 일쑤였다. 게다가 초등학생 이애월은 손목시계가 없었다. 집으로 돌아오면서 중간중간 시간을 체크할 수 없으니 프로그램이 시작하는 2시까지 집에 올 수 있는 방법은 하나. 선생님의 종례가 끝나면, 곧장 전력 질주 하는 수밖에.

아침 일찍부터 단단히 마음먹었다. 개구쟁이들이 수업이 끝나면 가장 먼저 달려 나가는 것과 반대로 예나 지금이나 특별한 일이 없으면 서두르지 않는 나는 천천히 가방을 챙겨서 거의 마지막으로 교실을 벗어나는 아이였다. 하지만 이날은 어쩔 수 없었다. 방학식이 내일이니 내일 얘기하면 될 텐데 이날따라 선생님의 종례 말씀이 길었다. 마음이 급하니 속에서 드럼의 긴박한 트레몰로 소리가 두구두구 들리는 것 같았는데, 알고 보니 초조해서 내가 발을 떠는 소리였다. 평소엔 괜한 이목을 끌기 싫어서 발소리도 없이 걸어 다니던 아이였지만, 그날은 등에 멘 가방 안에서 철제 필통과 필기구들이 잘그락절그럭 부닥치면서 꽹과리를 치는 소리를 내는데도 누구의 시선을 의식하거나 부끄러울 새가 없었다. 엄청난 스피드로 달리는 외계 고슴도치 수퍼 소닉이라도 된 듯이 단숨에 집까지 뛰어와 가방을 아무렇게 두고, 인사도 하는 둥 마는 둥 간식 먹을 생각도 잊은 채 방 안의 전축 전원부터 켰다.

"따라라라라 따라라라라 라. 라라라라 라라라. 따라라라라 따라라라라 라. 라라라라 라라라. 안녀세요, 김—기덕입니다."

타이밍 한번 참. 시계를 보면서 뛴 것도 아닌데 전축을 켜자마자 절묘하게도 고대해온 프로그램의 시그널 음악이 누군가 내 귀가에 맞춰서 큐 사인이라도 준 것처럼 시작됐고, 가볍게 날리는 말투가 한결같은 DJ 인사도 이어졌다.

'휴, 안 놓쳤다.' 나는 안도했다.

노래 몇 곡이 흘러나온 다음 오늘 날씨가 어떻다 저떻다 시시콜콜한 얘기가 이어지다가, 드디어 DJ는 여러분이 너무도 좋아할 바로 그 사람을 이제 만나게 될 거라고 말했다. '어떡해, 어떡해.' 옆에 있지도 않은 친구의 팔뚝이나 등짝을 때리듯 좌식 책상 바닥을 두들겼다. DJ는 이어서 말했다.

"여러분이 고대하시는 가수 이문세 씨와 전화 데이트가 있습니다. 프로그램 참여를 원하는 분들은 노래가 끝난 뒤에 ○○○-○○○○으로 전화해 주세요."

'전화? 전화라고? 내가 이문세랑 직접 전화 통화를 할 수가 있다고? 그걸 생각 못 하고 있었구나, 세상에 맙소사!'

멍했다. 라디오를 들을 생각만 했지, 직접 통화할 수 있는 전화 데이트는 생각지도 못했다. 이문세와 직접 이야기를 나눌 수 있다니. 이미 전화 연결이 되기라도 한 것처럼, 그래서 당장 이문세와 이야기를 나누게 된 것처럼, 혼자 미리 과하게 설레서 심장이 쿵쾅쿵쾅 몸 밖으로 튀어나올 것 같았다. 그때나 지금이나 내성적이긴 마찬가지지만 제아무리 MBTI의 시작이 I여도 이문세와 단둘이 이야기 나눌 수 있는, 언제 또 올지 모를 기회를 놓칠 수는 없

었다. 하지만 바로 전화를 걸 수도 없었다. '아, 이름. 근데 내 이름 어쩌지?'

다급하고 절박하고 한시가 급한 중차대한 시점에 이름 타령이라니. 지금 생각해도 그때의 나를 이해할 수가 없지만 누구나 한 번쯤 자신의 이름이 싫어지는 때가 있지 않은가. 내게는 하필 바로 이때가 그 무렵이었다. 당시 학교에는 내 이름과 똑같은 남학생이 있어서 그 아이는 남자 ○○○, 나는 여자 ○○○으로 불렸다. 이제 막 사춘기가 시작된 6학년 여학생은 이름이 같다는 이유 하나만으로 누군가가 낄낄거리며 조용히 넘어가지 않는 그 상황이 너무도 싫었고, 동시에 그런 문제를 불러온 자신의 이름까지 한창 싫어하던 참이었다.

'아, 안 돼. 남자 ○○○, 여자 ○○○인 지금 이 이름으로 이문세와 통화할 순 없어.'

논리라고는 존재하지 않는 알 수 없는 마음에 갑자기 나는 책꽂이에서 사전과 옥편을 꺼내 와 새 이름을 짓기 시작했다. 지금 그럴 시간이 없다고, 그러고 있을 때가 아니라고 그때의 나를 말리고 싶지만, 어쨌든 그때의 나는 이문세와의 전화 데이트를 위해 꼭 필요한 과정이라 확신하고 황급히 작명을 시작했다.

우선 듣자마자 여리여리함이 연상되는 고운 자음과 모음을 조합해 짓기로 했다. 세뇌당한 가부장제의 강압 때문이었는지 성을 바꿀 생각은 하지 못한 탓에 그대로 두고, 한글로 먼저 결정한 이름은 '이세연'. 어딘가 파리하고, 코스모스처럼 한들거리는 듯한 이름이 마음에 들었다(가명을 짓기로 한 결정도 이상하지만 이세연이 코스모스 같은 이름이라고 생각한 이유도 역시, 예, 지금의 저는 잘 모르겠습니다). 아무튼 만족스러운 한글 이름 작명을 끝내고 그 음에 맞는 한자를 찾기 시작했다. 왜냐하면 이문세가 이세연의 '세' 자가 자신의 이름 끝 자와 같다며 무슨 한자를 쓰냐고 물을 수도 있으니까(과하게 고민하고 철두철미했던 이애월 어린이). 이제 옥편에게 뒤를 부탁할 차례. 한자로 어떤 '세'에 어떤 '연' 자를 써야 좋을지 옥편을 뒤지기 시작했다. 그리고 '세상 세' 자에, '그러할 연' 자를 쓴 '이세연'으로 급히 한자를 찾아 작명을 끝냈고('세상이 그러하다' 가 이름의 뜻이라니, 열몇 살에 셀프-작명한 이름치고 심오하기 그지없다), 소심해서 늘 과하게 철저한 본연의 성격에 따라 막상 전화 연결이 되면 너무나 떨린 나머지 그 모든 걸 까먹을까 봐 한글과 한자 이름을 종합장에 차례로 잘 옮겨 적은 후 그제야 옥편을 덮었다.

작명이 끝난 시각은 〈2시의 데이트〉가 시작되고 이미 20분쯤이 지난 때. 초대석은 2시부터 3시까지 1부에서만 하니까, 음악이 방송되는 시간을 제외하면 겨우 두세 명의 전화 연결이 남은 상황이었다(머릿속으로 라디오 방송의 큐시트를 그리듯이 이걸 가늠하다니…. 그리고 보니 이때부터 라디오 작가 새싹이었어). 이제 막 '이세연'으로 새로 태어난 나는 더 이상 지체할 수는 없어서 어금니를 꼭 물어 필승을 다짐하고는 수화기를 들었다. 그런데 뚜— 하는 통화대기음이 들려야 하는 전화기에서 말소리가 들리는 게 아닌가.

"그래가지고 2학년 수학 선생이 오늘 출근을 안 해가지고, 언니…."

이모의 목소리였다. 맙소사.

"엄마 통화하잖니! 누구야, 수화기 내려놔."

그 시절에는 번호 하나로 거실과 방에 각각의 전화를 놓고 연결해서 쓰던 일이 흔했다. 문제는 한쪽이 통화를 하고 있으면 다른 전화기는 사용이 불가하다는 것. 상상하지 못했던 일이라 놀라서 수화기를 얼른 내려놓기는 했지만, 나는 절망했다. 이건 말도 안 되는 일이었다. 달리기를 가장 싫어하던 내

가 학교에서 집까지 숨이 턱끝까지 차게 뛰어왔고,
간식이고 뭐고 잊은 채 라디오를 켰고, 전화 연결을
하기 위해 급히 옥편을 펴서 '이세연'이라는 세상에
서 가장 아름다운 이름을 전광석화처럼, 그러나 몹
시 신중하게 한자 뜻까지 찾아가며 지었는데, 엄마
와 이모의 수다 앞에 이문세와의 전화 통화가 좌절
될 줄이야.

벌써 2시 25분, 우왕좌왕하는 사이 다시 28분.
이럴 수가. 시간이 얼마 남지 않았다. '이걸 어쩌면
좋지? 어쩌면 좋을까?' 손톱을 연신 물어뜯었다. 그
러는 사이 시간은 2시 30분을 넘어섰고, 그사이 수
차례 수화기를 다시 들어봤지만 엄마와 이모는 전
화를 끊을 생각이 없어 보였다. 줄곧 안방 앞을 초조
하게 서성이던 나에게 더 이상 지체하면 이제, 다시,
평생, 이문세와는 절대 통화할 수 없다는 간절함을
넘은 슬픔이 도래했고, 나는 엄마 방문을 빼꼼 열고
울음 반 통사정 반인 소리로 이야기를 시작했다.

"저… 저 좀… 살려… 주세요."

"뭐?"

"2시…의… 데이트…."

"똑바로 얘기를 해야 알아듣지. 뭐가 어쨌다
고?"

"2시의 데이트으! 이문세랑 전화해야 돼요욱!! 벌써 너무 늦었어, 아 몰라!!!"

그때의 나는 성장이 다 끝나서 지금 키와 같았다. 이미 엄마랑 키가 똑같아진 6학년 어린이가 마루에 뒤집힌 거북이처럼 누워 팔다리를 마구 휘저으면서 다 망했다고 꺽꺽 울었다.

"뭐? 누구?" 엄마는 무슨 영문인지 의아한 얼굴이었지만 평소 어른의 일에 끼어들거나 방해하는 일이 없는 딸의 성격상 뭔가 절박하고 긴박한 일이구나 눈치를 챈 것 같았다. 그리고 전화를 끊어주었다. 아마도 너무 황당하고 어이없어서 전화를 끊었을 듯.

부끄러움도 사치다, 사치. 쥐구멍에 들어가니 마니 할 새도 없다. 방금까지 무천도사처럼 마룻바닥을 굴렀던 추접스러운 과거는 잊고 이제 미래로, 나의 최애 가수에게로, 전화 데이트로 나아가야 할 때. 수화기를 들고 손가락에 모든 운을 걸어야 했다. 격앙된 정신과 목소리를 가라앉히기 위해 심호흡을 하고 경건한 마음으로 모든 기운을 담아 버튼을 누르기 시작했다. (02)삐삐삑—삐삐삐삐(유선전화기 버튼 누르는 소리). 뚜뚜뚜뚜. (02)삐삐삑—삐삐삐삐. 뚜뚜뚜뚜. 통화중신호음만 들려주는 번호로 몇 번이고, 아니 몇 번인지 모를 만큼 무수히 전화를 걸었지만 당연히 연결되지 않았다. 이문세 씨는 마지막 통화를 끝낸 후 오늘 정말 즐거웠다고 끝인사를 건넸다. 정작 방학 특집으로 대체 뭘 했는지, 이문세 씨가 무슨 이야기를 했는지 하나도 듣지 못했다. '세상 세' 자에 '그러할 연' 자를 쓰는 6학년 '이세연' 씨는 새로 지은 자신의 가명을 이문세뿐 아니라 그 어디에도 알릴 기회를 얻지 못한 채 펑펑 울면서 라디오 광고와 3시 시보를 들어야 했다. '세상 세'에, '그러할 연' 자라니, 세상이 그렇지 뭐! 마치 예언하듯 작명을 했구나. 나는 악악 광광 울었다.

　　지금도 그렇겠지만 서울이 아닌 지방 중소도시의 팬에게 최애가 출연하는 방송은 얼마나 소중한지. 그래서 그걸 놓친 일은 열세 살 팬에게 얼마나 큰 좌절을 안겨주었는지. 돌아서면 잊고 마는 발랄한 시절이었음에도 그 충격은 며칠을 갔다.

　　당시 서울 이외의 지역은 서울의 지역번호인 02를 누른 뒤 전화를 걸어야 해서 지방 청취자가 전화 데이트에 연결될 확률은 아주 낮았다. 그날 이후 〈2시의 데이트〉를 듣던 어느 날 DJ의 이야기를 통해서 알게 된 사실이다. 그래서 김기덕 DJ는 지방 청취자와 연결될 기회를 만들기 위해 이번 통화는 어느 지역 분들만 걸어주시라 당부하기도 했었다.

　나는 그날 이후로도 쭉, 무려 대학생 때까지도 열렬히 이문세를 좋아했다. 라디오 프로그램의 청취자 전화 연결은 그 일로 오만 정이 떨어져서 다시 시도한 적은 없다. 하지만 그 외의 다른 모든 방식으로 쭉 최애를 사수했다. 새 앨범이 나오는 바로 그날 음악사에 달려가 테이프나 CD를 샀고, 인터뷰가 나온 잡지와 신문 기사를 스크랩했고, 생일이면 집 주소로 선물을 보냈다. 대학생 때 이문세 콘서트에 가서는 제일 앞자리에서―콘서트에 같이 간 사람 말에 의하면―'평소에 잘 모아두었던 것 같은 광기를 한꺼번에 분출하듯 미친 사람처럼' 펄쩍펄쩍 뛰며 열광했다. 돌이켜보면 나에게 그렇게나 오래, 열심히, 누굴 좋아하는 마음이 있었나 스스로도 의아하긴 하다.

　이름 얘기로 돌아가자면, 이후로도 나는 몇 번더 가명을 지었다(지어야 했다). PC통신을 하던 대학생 땐 ID 외에 글 제목 앞에 자신의 닉네임을 쓰는 유행이 있었기 때문에 '단팥빵'을 닉네임으로 사용했고, DAUM 카페 만들기가 한창 유행일 땐 '일기 쓰는 모임' 카페의 멤버로 '밥'이라는 중성적이고도 중의적인('Bob'이면서 먹는 '밥'의 의미이기도 했던) 닉으로 활동했고. 그리고 트위터를 처음 시작한 2010년 어느 날 '애월에서 장작을 사 온 사람'이었던 데서 유래한 지금의 이애월까지. 사람들에게 오랫동안 참 여러 이름으로 불렸다. 그 가운데 정말 아무도 몰랐던, 라디오 전화 연결 때문에 만들어진 내 첫 가명 '세상이 그렇지 뭐'란 뜻의 '이세연'은, 열 손가락 깨물어 안 아픈 손가락이 없다는데, 내게 가장 아픈 손가락, 아니 웃픈 닉네임이고.

닉네임이라고 흔히들 부르는 가명, 가짜 이름으로 활동하며 숫기 없던 성격도 조금은 달라졌다. 20년 넘게 SNS 활동을 하다 보니 얼굴은 몰라도 친숙한 이름에게 인사 정도는 하게 되었고, 그러다 모임의 리더나 부회장 같은 타이틀을 맡으며 사람들 앞에 서서 더 많은 이야기를 하기도 했다. SNS에서 얼굴도 모르는 사람들과 말을 주고받던 경험과 사교성은 21세기의 라디오 작가에게 괜찮은 스킬이기도 하다. 라디오 앱의 게시판에 댓글을 달거나 청취자 단톡방에 제작진 중 한 명으로 있으면서 이러저러한 질문에 답변을 하는 데 매우 익숙하다. 스트레스도 그다지 받지 않고(어떤 작가나 제작진은 이 업무에 매우 큰 스트레스를 느끼고, 어려워한다). 그중 청

취자들과 가벼운 안부를 주고받거나 사소한 잡담을
하는 데 나는 가장 특화되어 있다. PC통신 시절부
터 여러 이름으로 살아온 세월이 준 선물일 것이다.
역시 지나온 시간은 좋게든 나쁘게든 내게 고스란
히 쌓이고 남아 있다. 세상이 그러하듯.

세상에서 가장 슬프고 냄새나는 침몰

그날은 시작이 좋았다. 당시 지방 중소도시의 중학생이었던 나는 조금 거리가 있는 학교로 등교하느라 월 회비를 내는 승합차(소위 말하는 '봉고차')를 이용했는데, 이게 요즘으로 치면 통학버스 같은 개념이었다. 친구에게 건네받은 연락처로 봉고차 운전자에게 이용 신청을 하면 집 주소를 기반으로 순환 운행 노선을 짜서 탑승 시간과 장소를 지정받는 형태였다. 그 시절에 이런 위치 기반 서비스라니! 고객의 니즈에 찰떡같이 다가가면서 시대를 앞서가도 한참을 앞서간 서비스가 아닌가. 아무튼 봉고차는 아침이면 정해진 시간에 맞춰 집 앞에 나와 있는 아이들을 차례로 싣고 달려 매일 학교 정문 앞에 내려주었다. 나의 봉고차 탑승 시각은 7시 15분. 제일 처음 차에 타는 학생이었는데, 그날은 늦잠을 자서 5분 늦는 바람에 봉고차를 놓쳤다(2-3분 기다려도 안 나오면 모두의 등교가 늦어지는 걸 막기 위해서 그냥 출발하는 시스템). 하지만 노선이 U자형이어서 가장 마지막에 타는 친구 집이 마침 우리 집 길 건너였고, 막 출발해버린 봉고차 꽁무니를 확인한 나는 천천히 걸어서 마지막 탑승자인 친구의 집 앞에 함께 서 있다가 무사히 봉고차를 타고 등교할 수 있었다(훗, 늦잠도 자고 차도 놓치지 않고, 이것이야말로 요즘

말로 럭키비키!).

    1교시가 끝난 후에는 커피를 마시려고 자판기 앞에 갔다. 밀크커피를 눌렀는데 고장인지 블랙커피가 나왔다. 시고 떫어 돈 줄 테니 먹으래도 싫은 걸 내 돈 주고 마셔야 하다니 그냥 버릴까 자판기 옆에 두고 가버릴까 짜증이 좀 났는데, 언제 왔는지 작년까지 한 반이었던 옆반 친구가 팔꿈치로 툭 치면서 그거 자기 달라는 듯이 손을 슥 내밀었다. "응? 뭐? 이거 블랙커피야. 잘못 나왔어." 친구는 내 말을 들은 건지 만 건지 자판기에서 우유 한 잔을 뽑더니(무슨 조화인지 이건 제대로 나옴) 내 블랙커피와 자신의 우유를 조금씩 몇 번 서로 오가며 섞어서 두 잔의 프림커피를 만들었다. 그러고는 그중 하나를 내게 내밀었다. 자판기 블랙커피의 좌절스러운 맛을 본 직후라 그랬는지 친구가 건넨 프림커피의 맛은 굉장히 기품 있었다. '뭐야, 애? 뭐야, 이 감동스러운 맛은?' 좋아하는 친구를 우연히 자판기 앞에서 만난 것도 좋았지만 앞으로 자판기 앞에서 다시 일어날지 모를 곤란에 대처법 하나를 알게 되어 뿌듯했다. 럭키럭키비키!

    체육복으로 갈아입기도 귀찮고, 땡볕에 흙먼지 많은 운동장에 나가기도 싫었던 5교시 체육 시간은 자습으로 대체되었다. 뭐야, 오늘 재수 좋은 걸. 그렇게 그날의 수업에 보충수업까지 마치고 야간자율학습이 시작되었다.

지금도 밤까지 학원 등지에서 공부하는 학생들은 비슷하지 않을까. 저녁 시간의 공부란 6시에 저녁을 먹으면 8시까지는 낮과 밤을 가리지 않는 식곤증으로 매우 졸리고, 이후 죄책감에서든 뭐든 한 시간쯤 반짝 공부하다가(하는 척 하다가) 9시 이후는 자습시간이 끝나간다는 마음에 집중력이 다시 약해진다. 당시 학교에 남아 야간자율학습을 했던 나 역시 그랬고 9시부터 9시 45분까지 마지막 자습을 앞두고 나는 눈치를 보고 있었다.

그 무렵 MBC FM 〈이종환의 밤의 디스크쇼〉(이하 〈밤의 디스크쇼〉)와 MBC AM 〈이문세의 별이 빛나는 밤에〉(이하 〈별밤〉)의 인기는 굉장했다. 주말에는 두 프로그램 다 청취자와 함께하는 공개방송을 편성했는데, 다음 날 늦잠을 자도 되는 토요일의 〈별밤〉 공개방송은 끝까지 들을 수 있었으나 일요일에 방송되었던 〈밤의 디스크쇼〉 공개방송은 다음 날 등교에 대한 부담 때문인지 듣다가 잠들어버릴 때가 많았다. 때문에 프로그램 시작할 무렵 아예 녹음 버튼을 눌러놓고 편히 졸곤 했다.

아. 이때 이 두 프로그램의 공개방송은 정말 재미있었다. 전성기 시절의 〈개그콘서트〉나 〈무한도전〉만큼 재치 있고 웃긴 데다가 당대 최고의 가수들이 출연하기까지 해서 나는 웬만한 TV 프로그램보다 두 라디오 프로그램의 공개방송을 더 좋아했다. 〈무한도전〉의 성공에 개그맨 유재석과 박명수, 정준하, 정형돈, 하하, 노홍철이 함께했듯 〈별밤〉에는 이문세와 결이 다른 코미디언 이경규가 있었고, 〈밤의 디스크쇼〉에는 MC인 이택림이 있었다. 서로 주고받는 말들은 빈틈이라곤 없는 만담 같았고, 엽서나 편지 사연을 콩트로 읽어주는 코너는 얼마나 재미있었는지. 방에서 라디오를 듣다가 한참 깔깔대면 옆집 사람들 주무시는 데 방해된다고 엄마가 기숙사 사감처럼 주의를 주기도 했다. 그렇게 당시 최고의 예능 프로그램이었던 〈밤의 디스크쇼〉 어제의 공개방송 녹음 테이프가 그날 그 시각 내 손에 있었다.

야간자율학습 시간에는 조용히 자습할 리 없는 학생들을 감시하기 위해서 선생님들이 돌아가면서 번을 섰다. 그런데 고맙게도 그날은 순하디순한 생물 선생님이 자습 감독인 게 아닌가. 오늘 정말 럭키! 럭키 럭키!!! 나는 앞 두 시간의 자습 시간을 통해서 생물 선생님이 우리 교실을 지나간 뒤 다시 올 때까지 평균 30-40분이 걸린다는 걸 계산했다. 더욱이 당시 제일 끝 반이었던 우리 교실만 층이 달라서 마지막 자습 시간에는 교실 앞을 한 번 지나가면 선생님이 다시 오지 않을 것도 이미 알고 있었고. 기회였다. 〈밤의 디스크쇼〉 공개방송 테이프를 들을 절호의 찬스.

드디어 마지막 자습 시간에 생물 선생님이 교실 앞을 지나갔고, 선생님이 시야에서 사라진 걸 확인한 나는 내적 괴성을 지르며("이것은 소리 없는 아우성") 화장지를 들고 주섬주섬 일어섰다.

"왜? 어디 가?"

"어, 화장실. 선생님이 찾으시면 그렇게 말해줘. 알았지?"

짝은 알지만 모르는 척 모르지만 알아들은 척 고개를 끄덕였고, 나는 그 즉시 트랜지스터라디오를 체육복으로 감싸서 화장실 가는 양 교실을 나섰다. 교실에서 딴짓하는 게 한두 번도 아닌데 굳이 화장실로 간 이유는 방송을 들으면서 웃음을 참을 자신이 없어서였다. 웃음이 터졌다간 뭐냐고 같이 웃자고 아이들이 몰려들 게 뻔하고, 조용한 심야의 학교에서 그 소란스러움은 금방 복도를 타고 전해져 문제의 근원을 찾아 자습 감독 선생님이 우리 교실로 달려올 것 또한 자명한 일. 그렇게 되었다가는 종국에 라디오고 테이프고 뭐고 몽땅 뺏기고 말 게 뻔히 예상되었다.

그 모든 일을 방지하기 위하여 나는 배 아픈 아이처럼 몸을 수그리고, 트랜지스터라디오를 체육복에 감싸 들고서 혼자 공개방송을 만끽하러 가장 조용한 화장실로 향한 것이다.

당시 내가 다닌 중학교에는 교실이 있던 건물 내부에 설치된 수세식 화장실과 옥외에 따로 설치된 푸세식 화장실이 있었는데, 또래의 여중생들은 수세식 화장실에 한참 줄을 설지언정 냄새나고 시각적으로도 별로인 옥외 화장실에는 거의 가지 않았다. 당연히 자습 감독인 선생님도 그 시간에 굳이 거길 올 리 만무했고. 아무도 오지 않는 외떨어진 건물, 그러니 딴짓을 하기에는 그만한 곳이 없었다. 그렇다고 그 밤에 거길 가다니. 〈여고괴담〉도 무서워서 다 못 본 주제에 그때의 나는 정말 밑도 끝도 없이 용감했다. 그때나 지금이나 나는 대체로 무난한 사람인데 가끔 너무 재미있고 싶은 나머지 아무도 하지 않을 괴상한 짓을 하는 경향이 있다.

아무튼 그날 월요일의 마지막 야간자율학습

시간에 나는 배가 아파서 화장실에 가는 학생인 척하면서 침침한 오렌지색 알전구가 켜진 고요한 옥외 화장실에 도착했다. 첫 번째 칸 화장실 문의 문고리를 걸고 가급적 깨끗한 입구 쪽에 쭈그리고 앉아서 헤드폰을 쓰고 드디어 테이프 재생 버튼을 눌렀다.

아. 이 익숙한 시그널 음악, 장 프랑수아 미셸(Jean Francois Michael)의 〈아듀 졸리 캔디(Adieu Jolie Candy)〉가 화장실에 울려 퍼지고 "안녕하세요, 이종환의 밤의 디스크쇼입니다" 멘트와 함께 〈밤의 디스크쇼〉 공개방송이 시작됐다.

이 행복, 이 환희. 서로 놀리듯 주고받는 이종환, 이택림 씨의 그 팽팽한 입담이라니. 학교 화장실 귀신이 나와서 '빨간 휴지 줄까? 파란 휴지 줄까?' 물었어도 '쉿!' 조용히 하라고 귀신의 입을 막고 방송을 계속 들었을 거다. 처음에는 그 밤, 화장실의 고요가 왠지 낯설어서 주위를 살폈지만 금세 더러움 무서움 낯섦 같은 건 다 잊은 채 나는 라디오를 들으며 킬킬댔다. 시간이 좀 지나자 슬슬 위기가 시작되었다. 몇십 분 같은 자세로 쭈그려 앉아 있으니 다리가 저려왔다. 자세에 변화를 주려고 조금씩 움직여봤지만 옴찔거림 정도로 다리 저림은 나아질 기미가 보이지 않았다. 아무래도 아예 다른 자세를 취하는 것밖에 방법이 없을 것 같았다. 쭈그려 앉은 채 일단 한 다리만 쭉 펴보기로 했다. 귀한 기기에 오물이라도 묻을까 봐 체육복으로 감싼 트랜지스터라디오를 더 꽉 품에 안고 한쪽 다리를 조금씩 움직이는데 순식간, 별안간, 삽시간에 무언가 미끄덩하면서 동시에 누군가 내 귀를 확 잡아당겼다. 그러고는 무언가 화장실 바닥에 툭 떨어졌다가 눈 깜짝할 사이 저 아래, 지금도 다시 떠올리고 싶지 않은 그곳으로 떨어졌다.

상상조차 하기 싫을 정도로 끔찍하게 싫은 일이 일어나면 너무도 뻔하고 자명한 사실인데도 당사자가 가장 먼저 하는 일은 부인이다. 거부 · 부정 · 인정하지 않음의 부인(否認). 영어로 디나이(Deny), 다른 말로 하면 OMG(Oh My God)! 나 역시 그랬다. '에이 설마. 그럴 리 없어.' 그때 내 얼굴을 내가 볼 순 없었지만 너무 당황한 나는 눈을 동그랗게 뜨고, 웃는 것도 우는 것도 아닌 잔뜩 상기된 얼굴로 여기 어딘가에 있을 거라 되뇌며 계속해서 체육복을 뒤적였을 것이다. 냉탕 반 열탕 반인 욕조 한가운데에 빠진 것처럼 목뒤와 등줄기는 기분 나쁜 예감으로 서늘했고, 그러면서 얼굴은 화끈거리고 이

마에서는 진땀이 났다. 체육복 안에 반드시 있어야 하는 그것, 어제도 소중했고, 오늘 지금도 소중하고, 내일도 내가 소중히 여길 게 분명한 바로 그것이 없었다. 체육복이 쭉정이처럼 홀쭉하고 납작했다. 체육복 안에는 아무것도 없었다. 낙하한 것이 무언지 정확히 볼 새는 없었지만 볼 필요도 없었다. 저 아래 똥통으로 떨어진 것은 나의 하나뿐인 소중하고 소중한 트랜지스터라디오였다.

멍했다. 머리까지 저린 기분이어서 다리 저림 같은 건 진작에 잊었다. 재래식 화장실은 밖이나 안이나 어두웠고, 저 아래 깊은 그곳은 더욱 그랬다. 손전등이나 주변을 밝힐 만한 무언가가 존재하지 않았고, 그런 게 있었다고 한들 그 구덩이를 비춰서 뭘 어쩐단 말인가. 방법이 없지만, 희망적으로 생각해서 방법이 있다고 치자. 그러면 그걸 다시 꺼내? 어떻게? 손으로? 다른 무언가 연장을 써서? 그래, 여차저차 해서 우여곡절 끝에 꺼냈다고 치자. 그러면 꺼내서 뭘 어떻게 해? 그걸 씻어? 아니 그전에 그걸 들어서 옮겨야 할 거 아니야. 뭘로, 맨손으로? 도구로? 또 무슨 도구로? 그래, 쓰고 버린다 치고 체육복으로 감싸서 들고 간다고 치자. 그럼 그걸 어디서 뭘로 씻어? 세제로? 씻으면 다시 쓸 수나 있나? 씻어서 멀쩡해진다고 한들 수리를 해야 할 텐데 수리점에 가서는 뭐라고 그래? 이 얘기를 다 해? 그 내부가 과연 멀쩡하기는 할까? 어우. 어떤 질문에도 아니, 아니, 아니! 아니!!!!!!!! 고개가 저어졌다.

그날 재래식 화장실 똥통 안으로 하나뿐인 소중한 트랜지스터라디오를 떨어뜨린 나는 상황을 호전시킬 방법이 아무것도 떠오르지 않았다. 라디오가 가라앉고 있는지 이종환 DJ와 이택림 씨 목소리, 공개방송 방청객들의 웃음소리, 음악 소리, 박수 소리가 점점 멀어지며 둔탁하게 들리기 시작했다. 그리고 얄밉게도 내 두 귀엔 본체를 잃은 헤드폰이 꽂혀 있었다. 아, 그냥 헤드폰에 계속 매달려 있었다면 얼마나 좋았을까.

한참 거기 서서 눈을 껌뻑였다가 눈알을 굴렸다가 하면서 도대체 이게 무슨 상황이며, 뭘 어떻게 해야 할지 생각하고 또 생각하던 때에 훅하고 새삼스럽게 똥 냄새가 올라왔다. 지독한 냄새가 나는 곳에 제 발로 들어가 공개방송을 듣겠다고 할 때는 언제고, 아니 갑자기 그 냄새가 그렇게 역하게 느껴질게 뭐람. 줄 끝에 오물이 묻은 헤드폰도 비로소 벗어서 휴지통에 넣고, 포기할 수 없지만 포기하지 않을 수도 없는 마음으로 그곳을 나섰다. 그럼에도 어떤 마음 하나가 접어지지 않았다. '아흐, 내 유일한 라디오… 너를 여기 두고 내가 어떻게….' 발길이 떨어지지 않아 자꾸 뒤를 돌아보고 또 돌아보며 교실로 돌아왔다.

마지막 자습 시간이라 몇몇 아이들은 엎드려 자고 있었다. 몇몇은 그 밤중에 누가 제 얼굴을 본다고 앞머리를 헤어롤로 서로 말아주고, 어떤 아이들은 머리 위로 금방이라도 김이 모락모락 날 듯 잘 풀리지 않는 문제를 온 얼굴로 풀고 있었다. 방금 전 나에게 일어난 황당하고 참담하고 비극적인 사건을 아무도 모른 채 교실은 평화로웠다. 그래 니들이 나한테 무슨 일이 있었는지 상상이나 할 수 있겠어. 너무도 비통하고 심란한 얼굴로 교실 뒷문을 조용히 닫고 자리로 돌아와서는 허물어지듯 책상 위로 엎어졌다. 그때 뒷자리 단짝에게 쪽지를 넘기며 필담으로 낄낄대던 짝꿍이 놀라며 말했다.

"어웁 양, 넙… 이겡 무습 냉새양(어우 야, 너… 이게 무슨 냄새야)." 짝은 코를 움켜쥐고 괴상한 얼굴로 뭔가를 더 이야기하려 했지만 내 표정을 보고 이내 입을 다물었다. 어쩌면 냄새를 좀 덜 마시려고 입을 다물었는지도 모르겠다.

교실로 돌아온 나는 화장실에서의 긴장과 놀

람이 한꺼번에 이완된 듯 너무도 지치고 기운이 빠져서 책상에 계속 엎드려 있다가 집으로 향했다. 온몸에서 나는 냄새 때문에 엄마에게 엄청난 잔소리를 들을 것 같아서 짝의 체육복을 빌려 입고, 화장실에 갈 때 입었던 옷에는 파우더 향 존슨즈 베이비 크림을 도포해 교실 책상과 의자에 널어두었다. 그날 집과 학교에 있는 어느 누구도 나와 트랜지스터 라디오에게 일어난 일을 알지 못했다.

이후 한참 동안 라디오를 어디서 어떻게 다시 새로 구할지, 이 일을 부모님에게는 뭐라 이야기해야 좋을지 궁리하느라 계속 얼이 빠진 것 같은 상태로 지냈다. 며칠이 지나자 드디어 엄마와 아빠가 고요 속의 방에 있는 나를 보고는 요새 윤선생 테이프는 왜 안 듣는 거냐고, 선생님 오시는 날만 듣지 말고 평소에도 계속 들어야 영어를 잘할 거 아니냐며 화를 냈다. 거짓말을 하자니 일이 키질 것 같고, 솔직히 털어놓자니 그날 내게 일어난 일이 더 거짓말 같기도 했다. 무엇을 어떻게 이야기하든 혼나거나 앞으로 잔소리 들을 일이 벌써 참 지난하게 느껴졌다. 들킬까 봐 며칠간 집에 오면 이불 뒤집어쓰고 묵언수행을 했더니 어느 순간 트랜지스터라디오의 실물이 존재하지 않는 걸 부모님은 눈치챈 것 같았다. 그거 어쨌냐고 물을 때마다 거짓말도 하지 못하고 고개를 푹 숙이거나 곤란한 얼굴이 되는 걸 본 부모님은 밀린 영어 테이프는 어쩔 거냐고 몇 번 더 뭐라 하다가 그 이상 묻지 않고 최신형 워크맨을 새로 사주었다(아마 누구에게 강제로 뺏겼다고 생각했으리라).

꺅. 이게 무슨 일이야. 워크맨이라니. 새 워크맨이라니. 엄마가 쓰던 걸 물려받은 기존의 트랜지스터라디오는 국산 인켈 제품으로 안테나도 있고 가로 15센티미터, 세로 10센티미터쯤으로 크고 두껍고 무거웠다. 일련의 사고로 새로 득한 워크맨은 가로 10센티미터, 세로 7센티미터 정도로 작고 가볍고 얇은 최신형 오디오 기기였다. 그리고 내가 소유하게 된 최초의 외산 제품으로 무려 일제 '메이드 인 재팬(Made in Japan)'이었다. CD 플레이어가 나오기 전까지 무려 7-8년 동안 나는 그 아이와(AIWA) 워크맨을 24시간 들고 다니며 애지중지했다.

운수 좋은 날이라고 생각했지만 결국 가장 운 나쁜 날인 줄 알았던 그 하루의 진짜 의미는 며칠이 지나고서야 알게 됐다. 운은 모르겠고, 결론은 좋았다. 아니, 사실 그날그날 운이 나쁜지 아닌지는 중

요하지 않다. 몇 년 몇 월 며칠이 운이 좋았는지 나빴는지 그 많은 날의 운세를 우리는 하나하나 다 기억하지 못하니까. 다만 그러저러한 과정을 지나 결국 어떤 결론에 도달했는지를 기억할 뿐. 그 황당했던 하루가 지나고 내게는 훌륭한 새 장비가 뚝 떨어졌고, 그 워크맨으로 더 광기(?) 어린 라디오 소녀가 되었다. 물려받은 정철영어 한 질과 새로 시작한 윤선생영어 테이프 때문에 영어 공부에 공백이 생길까 싶어 열심히 공부하라고 부모님이 사준 워크맨인데, 나는 무색하게도 그 많은 영어 테이프 윗면 구멍을 화장지로 모조리 막아 〈별밤〉과 〈밤의 디스크쇼〉를 녹음하고 듣고 또 들으면서 열심을 다 한 라디오 소녀가 되었다. 아, 갑자기 너무 죄송해진다(새삼스럽기도 하지). 내가 지나온 매일의 운세를 다 기억하지 못하듯 부모님도 내게 써야 했던 매일의 지출 목록이 기억나지 않으면 좋겠다. 이왕 지난 일 큼직큼직한 지출 목록도 세세하게 기억나지 않았으면. 이 고백으로 그때 뜻하지 않게 제법 큰 지출을 했던 사실과 그 워크맨의 사용처를 알면 본전 생각이 날 수도 있으니 책 나올 즈음 며칠 동안은 전국 맛집에서 맛난 것 좀 줄줄이 주문해 보내야겠다. 어쩌니 저쩌니 해도 대부분의 많은 일은 결론이 좋으면 좋은 기억으로 남으니까.

어린이는 어떻게 청소년이 되는가

특별한 음식을 먹었을 때나 유명인을 만났을 때처럼 또렷하게 처음의 순간이 기억에 남아 있다면 좋을 텐데, 안타깝게도 라디오에 대한 첫 기억은 없다. 두세 살 때의 일을 정확히 기억하고 두고두고 이야기해서(주로 서운했던 기억) 엄마는 가끔 내게 징그럽다고 말할 정도인데, 하필 간직하고 싶은 찰나에 대한 기억은 흐릿하다니. 하지만 그건 기억도 안 날 만큼 아주 어렸을 때부터 라디오와 함께하는 일상을 보냈다는 증거이기도 할 것이다. 밥을 처음 먹은 순간이나 맹물을 처음 마신 순간을 기억하는 사람은 거의 없을 테니까.

　　우리 가족에게 음악을 듣고 라디오를 켜두는 건 아주 자연스러운 일상이었다. 가족 앨범 속에는 내가 한두 살이던 아기 시절에 이미 미제 트랜지스터라디오에서 흘러나오는 음악에 맞춰 춤을 추며 웃고 있는 엄마 아빠와 부모님 친구분들 사진이 있을 정도고(미군 부대 근처에 거주하셨음), 사진 찍힐 때 좀처럼 힘을 못 빼서 늘 차렷 자세에 굳은 표정의 사진뿐인 내 유년 시절 사진 가운데 몇 안 되는 신나 보이고 자연스러운 사진은 주로 전축 옆에서였으니까.

다만 또렷하게 기억나는 건 그 순간이다. 부모님이 켜둔 음악이 들려서 같이 듣는 '수동형 라디오 감상자'였던 내가 '라디오 좀 들어볼까?' 하고 전원을 켜는 '능동형 라디오 감상자'가 된 순간. 그러니까 스스로 라디오 전원을 켜고 주파수를 내 손으로 조절해서 원하는 채널의 프로그램을 들었던 그 순간만은 또렷하게 기억한다.

초등학교 5학년 무렵의 어느 날 하굣길 골목에서 나는 '영'과 마주쳤다. 2-3분 거리에 사는 동네 친구 영은 가방을 집에 두고 자신의 집에 놀러 오겠냐고 물었다. 단짝은 아니고 어쩌다 시간이 맞으면 불쑥 함께 놀던 친구였는데, 묘하게도 영과 놀았던 열 살 내외의 어떤 날들에 내 인생의 굵직한 일들이 많이 일어났다. 그날도 그런 일이 일어날 참이었다. 엄마가 동생을 데리고 외출한다고 한 날이라 집에 아무도 없다는 걸 아는 나는 영의 제안에 그러마 했고, 집 대청마루에 가방과 신발주머니를 얼른 던져두고 바로 영의 집으로 향했다.

영은 좀 흥미로운 아이였다. 일단 또래 학년 중에서 운동부도 아닌데 키가 가장 컸고, 대부분의 아이가 나설까 말까 주저할 때 벌떡 일어나서 모두가 망설이는 그 일을 가장 먼저 하는 애였다. 예를 들어, 둥지에서 떨어진 아기 새를 다들 만지지 못하고 에워싸고만 있을 때 어느 틈에 그 사이를 비집고 들어와 둥지에 올려주는 애였다. 껄렁한 애들이 나를 놀리기라도 하면 그중 우두머리 격인 남자애한테 다가가 "야, 니들 왜 여럿이 한 사람 괴롭혀!" 하고 주먹으로 팔을 한 대 때리며 맞설 수 있는 애였다. 한편으로는 선생님이 종례 시간에 늦으면 제일 먼저 도망가는 애이기도 했고. 소심한 나와 달리 용감한 그 애를 나는 좋아하면서도 좀 두려워했다. 굳이 문제를 만들거나 사람들 앞에 나서는 일 없이 소극적으로 지내온 내 눈에 영과 어울리는 일은 원치 않은 결과를 가져올 게 너무 예상이 되었달까. 초식동물 같은 나와 최상위 포식자다운 오라를 뿜어내는 영은 달라도 너무 달랐다. 하지만 왜인지 영은 가끔 나에게 같이 놀자고 했고, 분명 호기심을 자극하는 구석이 있어서 나도 마다하지 않았다.

　게다가 가족들 개성이 미국 드라마나 시트콤의 등장인물처럼 뚜렷해서 영의 집에는 놀러 가는 재미가 있었다. 영의 아버지는 당시 유행하던 미드 〈기동순찰대〉의 주인공들이 탈 법한 시끄럽고 커다란 오토바이를 몰았고(기껏해야 동네 사람들이 자전

거나 타던 시절에 무려 할리 데이비슨이었음), 어머니
는 인형이나 조화 그리고 온갖 걸 만드는 부업을 했
다. 눈을 붙이다 만 곰 인형이나 기계로 찍은 합성
섬유 꽃봉오리, 실로 짜다 만 바구니 소품이 있는
어머니의 작은 작업 방을 구경하는 일도 흥미로웠
다. 중고등학생인 두 오빠의 방에는 공룡과 자동차,
비행기, 총 등 (당시는 '프라모델'이라고 불렀던) 플라
스틱 모형이 가득했다. 이토록 다양한 장르의 볼거
리가 있는 집이라니. 게다가 영은 아무도 없을 때만
나를 불러서 가족 눈치 보는 일 없이 신기한 구경거
리가 가득한 친구 집을 하나하나 탐험할 수 있었다.
관람료 없는 텅 빈 놀이공원에 입장한 기분으로.

　　그날도 그런 설렘을 안고 영의 집에 입성했다.

　　"들어와. 내가 떡볶이 해줄게." 현관에서 이제
막 신발을 벗는 내게 영이 말했다. 떡볶이? 떡볶이
를 해준다고? 나랑 동갑인 고작 5학년(12세) 어린
이가 집에서 직접 떡볶이를 만든다고? 불낼 수 있
으니 위험하다고 엄마가 평소 성냥도 못 만지게 해
서 과학 시간에 알코올램프도 못 켜던 그때의 나에
게 영의 말은 큰 충격이었다. "어떻게?(너 성냥 켤
줄 알아? 만드는 법은 알고? 요리가 다 된 줄은 대체 어
떻게 아는 거지?)" 요리를 해주겠다는 친구의 말을

듣기만 했는데도 '쟤가 어쩌려고 그러나' 걱정과 두려움으로 심장이 빠르게 뛰었다. "나 떡볶이 잘해." 영은 어디선가 밀떡 뭉텅이를 가져와 쌀 씻는 주황색 플라스틱 바가지에 물을 조금 받고는 담가서 하나씩 떼기 시작했다. 그러고는 부엌 입구에 앉아 있는 내게 말했다. "넌 심심할 테니까 음악 듣고 있어." 영은 물이 뚝뚝 떨어지는 손으로 거실을 성큼성큼 가로질러 가서는 전축의 전원을 켜고 튜너를 이리저리 돌려 한 라디오 채널을 틀어주었다. 엄마가 없을 땐 위험하니 어른이 쓰는 물건에 절대 손대지 말라고 교육받아온 내 눈에 어른 없이 혼자 집에 있는 어린이가 마루에 물을 흘리고, 전축 전원을 켜서 듣고 싶은 라디오 주파수를 맞추는 그 모습은 정말 놀라웠다. 왜냐하면 그때의 나는 혼자 집에 남게 되면 엄마가 차려둔 밥상의 상보를 걷고 밥이나 먹을 줄 알았고, 부모님을 기다리며 숙제를 하거나 책을 보는 게 전부였으니까. 몰래 전축을 켜본 적은 있었다. 전원을 켜자마자, 누가 우리 집 라디오 소리를 들을까 봐(정확히는 내가 켠 라디오 소리를 듣고 나중에 부모님께 이르기라도 할까 봐) 얼른 다시 끈게 고작이었지만.

영은 부엌에서 혼자 요리를 시작하고, 부모님

의 전축을 켜고, 라디오 주파수를 맞췄다. 그 과감한 행보에 놀라서 입이 떡 벌어진 내 앞을 지나쳐 영은 그 집의 밥은 늘 본인이 해온 것처럼 주방으로 돌아가서 요리를 계속했다. 바닥에 앉아 서 있는 영을 보아서였을까. 원래도 크지만, 정말 커 보였다. 또래가 아니라 어른 같았다. 전축 라디오에서는 전영록의 〈내사랑 울보〉가 흘러나오고 있었다.

떡볶이를 하나씩 다 뗀 영은 수돗물을 받은 양은 냄비를 곤로 위에 올리고 불을 켰다. 부엌에서 누가 음식 만들 때면 제일 먼저 나던 석유가 연소되는 냄새. 잠시 후 물이 끓자 떡볶이 떡과 고추장 몇 숟가락을 떠 넣고, 박스에서 라면 한 봉지를 꺼내어 뜯었다(그렇다. 영의 집은 당시 라면을 박스로 사놓고 먹는 집이었다). 그러곤 봉지에서 라면 스프만 꺼내서 냄비에 털어 넣었다. 떡볶이가 보글보글 끓자 숟가락으로 냄비 안을 몇 번 휘젓는 듯하더니 떡을 눌러본 뒤 곤로 불을 껐다(지금 생각하니 떡이 다 익었는지 눌러본 거였어!). 거실 바닥에 접은 신문지를 깔고는 뜨거운 것도 제법 들어본 자답게 윗옷 소매를 내려서 손바닥 안에 말아 쥔 채 냄비 손잡이를 들어 신문지 위에 올려놓았다. "이리 와. 먹자."

영이 '떡볶이 해줄게'라고 말한 순간부터 완성

된 요리를 내오기까지의 흐름은 숙련자의 그것처럼 막힘이 없었다. 천재로 태어나 연습까지 열심히 한 덕분에 적수라고는 없는 독보적인 세계 랭킹 1위의 체조 선수나 피겨 선수의 피날레 경기 같았다. 그 사이 라디오에서 흘러나오는 노래는 조이(Joy)의 〈터치 바이 터치(Touch by Touch)〉로 바뀌어 있었다.

라면 스프를 넣은 영의 떡볶이는 정말 맛있었다. 먹으면서 영은 자신이 좋아하는 동네 오빠와 자신을 좋아하는 동급생 얘기를 했던 것 같다. 그리고 떡볶이를 다 먹어갈 무렵 물었다. "다 먹고 우리 롤라장 갈래?" 와! 당시 롤라장(롤러스케이트장)은 또래들에게 최고의 핫 플레이스였다. 못 견디게 궁금했지만, 다녀온 후에 부모님께 들켜서 혼날 일이 무서워 감히 엄두도 내지 못했던, 하지만 또래 중 조숙한 친구들은 다 가본 그 롤라장에 가자는 것이다! 그날 나는 결국 영을 따라 시내 번화가 쇼핑몰 맨 꼭대기에 있는 롤라장에 입성했다. 나의 두뇌와 마음 대부분을 차지하고 있는 줄 알았던 소심함과 두려움을 단숨에 이길 만큼, 사춘기가 올동말동한 고학년 어린이의 궁금증과 호기심은 아주 뜨겁고 뒤를 돌아보지 않게 만드는 무언가였다.

그날 영은 롤라장에서도 날아다녔다. 그리고 나는 첫 방문답게 엉덩방아를 얼마나 대차게 여러 번 찧었는지 롤러스케이트를 타는 행위에는 별 재미를 느끼지 못했다. 하지만 넘어진 내 손을 잡아주겠다는 친절한 중학생 오빠들을 만난 초등학교 5학년 여자아이는 이미 자신이 중학생이라도 된 듯한 기분에 들떴다. 그날 라면 스프 떡볶이를 먹으며 라디오로 들었던 조이의 〈터치 바이 터치〉를 롤라장에서 족히 50번은 넘게 들은 것 같다. 알파벳만 겨우 알았던 나도 "터치 바이 터치, 유 어 마이 올 타임 러버(Touch by touch, You are my all time lover)" 한 소절은 이날 외웠을 정도니까. 그리고 오후 늦게, 롤러스케이트를 열심히 타서인지 처음 모르는 오빠 손을 잡아서인지 붉어진 볼의 열감을 가라앉히지 못한 채 집으로 돌아왔다. 헤어지기 직전 집 근처 골목에서 나는 영에게 물었다. "그거 어떻게 하는 거야?" "뭐? 떡볶이? 롤라?" "아니, 라디오 듣는 거. 우리 집은 어른 물건이라고 라디오 만지지도 못하게 해. 처음에 어떻게 허락받아야 해?" 이날 영과 함께 했던 일 가운데 혼자 시도해볼 수 있는 일은 라디오를 켜는 것뿐이라는 걸 소심한 나는 본능적으로 알았다. "야. 그걸 뭘 묻고 허락을 맡고 해.

그냥 하면 돼, 그냥. 원래 했던 것처럼 자연스럽게."

집에 가니 동생을 데리고 외출했던 엄마는 돌아와 저녁 준비를 하고 있었다. 자연스럽게라. 자연스럽게. '원래 했던 것처럼 자연스럽게'가 대체 무슨 의미일까. 부모님 앞에서 허락을 받지도 않고 전축을 켤 생각만으로 심장이 이렇게 빠르게 뛰는데 뭐가 자연스럽게야. 공부나 책상 정리처럼 칭찬을 받을 만한 일이 아니고서는 먼저 적극적으로 나서서 부모님에게 뭘 물어본 적도 없던 나였다. 하필우리 집 라디오는 트랜지스터라디오처럼 접근이 쉬운 형태의 기기도 아니고 전축에 연결된 것뿐이었다. 테이프 덱과 LP 플레이어, 라디오 수신기를 샌드위치처럼 층층이 쌓은 오디오 기기의 양옆에는 같은 높이의 스피커 두 개가 놓여 있었다. 게다가 유리문이 달린 장 안에 들어 있어서 켜는 것 자체가 뭔가에 들어서는 것 같은 기분을 주었다. 장에 들어가 있다는 것이, 그 투명한 한 겹의 유리문을 열어야 한다는 것이 '어린이는 촉수 엄금'이라고 무겁게 경고하는 것 같아서 소심한 나의 마음은 그 앞에서 더 쪼그라들었다. 그때나 지금이나 담 작은 나는 마루에 앉아 이렇게 저렇게 머릿속으로 몇 번의 상황극을 떠올려보다가 일단 뒤늦은 귀가 인사를 부엌을 향해 하고는 방으로 들어가 책상에 엎드렸다. 그러고는 긴장으로 마른 입술을 깨물어 입안으로 말아 넣고는(긴장하면 입술이 안 보이도록 말아 넣는 습관이 있음) 될 대로 되어라 하는 마음으로 슥 저질렀다. 안방으로 가서 전축 유리문을 열고 영이 했던 것처럼 전원부터 켠 뒤 튜너를 이리저리 돌려 한 라디오 프로그램의 주파수를 잡았다. '원래 했던 것처럼 자연스럽게'가 아니라 누가 봐도 자연스럽지 않았을 테지만, 너무 그러고 싶었기 때문에.

그리고 긴장한 표정의 얼굴을 숨기기 위해서 내 방으로 돌아와 다시 책상에 엎드렸다. 슬쩍 곁눈질로 주방 쪽 눈치를 살피니 볼륨이 작아서인지 저녁 준비로 바쁜 엄마는 전축이 켜진 줄도 몰랐다. 처음이 다 그렇듯 지나고 나서 돌아보면 까짓것 이게 뭐라고 그렇게 극도의 긴장 속에서 발발 떨며 할까 말까 했나 허무할 정도였다. 저녁 밥상이 차려졌고 엄마는 별말을 하지 않았다. 우리는 라디오를 들으면서 저녁밥을 먹었다. 세상에나. 이게 이토록 쉬운 거였다니. 스피커에서는 유미리의 〈젊음의 노트〉가 흘러나왔다. "내 젊음의 빈 노트에 무엇을 채워야 하나." 이날 내 유년기의 노트, 일기장은 다양한 모험이라 쓰고 비행이라 읽어도 될―이 정도가 무슨 비행이야 하겠지만—이야기로 꽉 찼다. 하지만 일기에 그런 얘기는 적지 않았다. 혹여 그 기록으로 말미암아 그날 나의 비밀 행보(롤라장)를 들킬 수도 있을 테니까. 아무튼 영의 말대로 새로 무언가를 시작하는 건 내가 상상했던 것보다 자연스럽게 가능했다.

    이후에도 영과 많은 일이 있었다. 우리는 몇 번 더 롤라장에 갔고, 성냥 켜는 법이나 곤로에 불붙이는 법, 라면 끓이는 법, 전축으로 LP판 듣는 법도 영에게 배웠다. 당시에는 그 모든 일이 부모님 몰래 하는 나쁜 짓 같았지만, 지나고 보니 독립적인 어린이로 성장하는, 어린이에서 청소년이 되는 과정 중 하나인 일들을 함께 했던 것뿐이었다. 같은 중학교로 진학했지만 중학생이 되고 난 후에는 내 시간이 줄면서 괜스레 더 바빠져 영과 인사만 나누는 사이가 되었다. 그리고 특별한 친구가 아닌 보통의 동창 사이 대부분이 그렇듯 '지금 그 사람은 뭐 할까?' 가끔 떠올리고 궁금해하며 다시 잊고 지냈다.
    얼마 전 고향의 어느 시장에서 할머니가 된 엄마에게 한 중년 여성이 알은체를 해왔다고 한다. "어머니, 저 영이에요." 오랜만에 뵈어도 한눈에 알아보겠다면서 나(애월)도 잘 지내냐는 안부와 함께 나의 전화번호를 묻더란다. 아무에게나 전화번호를 알려주면 안 된다고 당부한 나 때문에 엄마는 꽤 당황했지만, 차마 딸의 번호를 모른다 거짓말할 수는 없었다고 내게 미안해했다.

동창의 소식을 듣곤 하던 아이러브스쿨 사이트의 유행과 인기가 어느 순간 사그라진 이후로 초등학교 동창과 왕래가 없던 나는 영의 전화를 받는다는 게 내심 떨리고 긴장됐다. 전화가 오면 무슨 이야기를 할 것인가, 영은 무얼 물어볼까, 보험을 들어달라거나 뭘 가입해달라거나 뭘 팔아달라고 하면 어떻게 거절할 것인가. 한편으로는 머릿속이 복잡했지만 지금까지 낯선 번호로 걸려온 전화는 없다.

영은 어떤 어른이 되어 있을까? 늘 또래보다 앞서 성숙한 모습이었으니 지금은 한참 인생 선배인 사람처럼 살고 있을까? 나와 함께 놀았던 그날을 영도 또렷하게 기억하고 있을까? 자신 덕분에 내가 처음 해본 일이 많았다는 걸 영은 알았을까? 지금의 내 인생을 강이나 바다라고 한다면 그날의 일이 강물이나 바다로 흘러가게 한 의미 있는 물줄기였음을, 혹은 그 이상이었다는 얘기를 한 번쯤 나눌 기회가 와도 좋을 것 같다.

아무튼 영과 놀았던 5학년 그날, 내게는 나만의 라디오 세계가 열렸다. 5학년 어린이는 유리문을 열고 전축의 라디오를 스스로 켰다. 마음에 드는 채널과 프로그램을 찾아 주파수를 맞췄고, 이후 이어폰을 늘 귀에 꽂고 있는 청소년이 됐다. 그리고 대학생에서 사회초년생이 될 때까지도 라디오로 인해 크고 작은 해프닝들이 있었고, 그 덕분에 방송작가가 되었고, 라디오 프로그램의 원고를 쓰는 사람이 되었다. 누군가에게 시네마 천국이 있다면 라디오 천국이라 불렀던 내 인생의 한때가 그렇게 시작됐다.

심마니 같은 마음으로

아, 나는 파티를 정말 좋아한다. 누구를 부를지, 인원은 몇 명이 좋을지, 누구와 누구를 어떤 조합으로 초대할지 이런 고민은 즐겁기만 하다. 그렇게 초대 인원의 수를 결정하고 택일이 되면 그때부터 뭘 어떻게 해서 먹여야 맛있고 재미있었다 소문이 날지 구상을 시작하는데 이때의 나는 이미 신남과 설렘의 부스터가 커져서 붕붕 날아다닌다.

가장 먼저 하는 일은 파티 날짜에 해당하는 24절기가 있는지 살피는 것. 입춘은 아닌지, 동지는 아닌지, 혹 단옷날이라도 가까운지 달력을 본다. 그리고 역사적으로 중요한 의미가 있는 날인지도. 위인이나 유명인 중 누군가 태어나고 세상을 떠난 날인지, 나고 죽은 일 외에 다른 특별한 의미가 있는지도 검색해본다. 모두가 선약이 없거나 특별히 마음에 걸리는 일이 없는 날로 고른 것뿐이고 좋아하는 사람들과 시간을 보내는 것만으로 이미 충분하지만 그래도 모인 김에 그 날짜에 깃든 의미를 함께 되새기면 좋으니까. 날짜에 해당하는 의미 몇 개를 추리면 그 가운데 주력으로 의미를 부여할 테마 하나를 고르고, 내용에 맞는 음식 몇 가지와 그즈음 먹으면 가장 맛있고 기존 메뉴와 잘 어울릴 제철 음식이 무언지 생각해서 메뉴를 짠다. 곁들일 술은 무얼로 할지, 음식과 술은 어떤 차례로 낼지 정리하고 행사의 이름까지 짓고서야 파티 계획이(계획만) 일단락 지어진다. 그 이후에는 장보기와 요리하기 등등 실무가 남아 있고.

몇 년 전에는 8월 6일에 친구들을 불러 파티를 했다. 24절기 가운데 '입추(立秋)'가 가까웠지만 가을을 말하기엔 8월 초는 더웠다. 더워도 너무 더웠다. 그래서 처음엔 이왕 휴가철이 한창일 때 모이는 김에 아예 휴가를 테마로 하면 어떨까 구상했다. 마치 계곡에 놀러 온 듯 원두막이나 파라솔을 촬영 세트처럼 거실에 만들고 주변으로 어린이용 미니수영장을 포석정처럼 줄줄이 배치하여 물을 채우고 얼음과 술병과 수박을 띄워볼까 했으나(아, 이 블록버스터급 기획력과 파티 스케일 좀 보라지) 행여 술에 좀 취한 손님이 포석정을 밟아 거실이 물바다가 될까 봐(내가 그렇게 사고 칠 확률이 가장 높음), 그리고 포석정까지 만든 이 파티의 뒤치다꺼리를 손님이 돌아가고 난 뒤 혼자 할 생각을 하니 정신이 아득해져 '아이디어는 좋아. 오케이. 워워' 하면서 나를 진정시킨 후 일을 크게 벌이지 않는 선에서 다시 계획을 쌓아가기 시작했다('제발 작작 하자'는 뜻에서 스스

로의 아호를 '작작'이라고 붙인 건 다 이런 이유에서이
다).

그리하여 작작 하기로 한 결론은 '역사 속 오
늘에서 파티의 중심 테마를 가져오자'였다. '볼리비
아와 자메이카의 독립을 축하하는 파티', 그날 모임
의 제목은 이것으로 정했다. 8월 6일은 볼리비아와
자메이카가 식민 지배국인 스페인과의 전쟁 끝에
식민 상태에서 벗어난 독립기념일이다. 그리고 거
기에 그치지 않고 친구들에게 들려주고 싶은 그 날
짜에 깃든 다른 의미를 총망라하여 부제도 덧붙였
다. '량쯔충(양자경), 앤디 워홀, 노무현 탄신일이자
천경자 화가 기일을 기념하고 추모하며'(과연 작작
하기로 한 게 맞긴 한 건지).

과함이 있으면 미치지 못할 곳이 없다고 '과유
불급'의 뜻을 제 맘대로 해석해온 나는 과몰입러(무
언가에 지나치게 몰입하는 사람), 의미 부여 중독자
답게 8월 6일 술자리를 '볼리비아와 자메이카의 독
립을 축하하는 파티'이자 '량쯔충(양자경), 앤디 워
홀, 노무현 탄신일인 동시에 천경자 화가 기일을 기
념과 추모'하는 파티라 명명한 뒤 남은 준비를 하기
시작했다(멋있어! 완벽해! 완전 맘에 들어!!!).

볼리비아와 자메이카. 중남미의 나라들이라

모히토를 식전주로 준비해야 할 것 같았는데(헤밍웨이가 쿠바에서 모히토를 즐겼다는 데서 아이디어를 얻었을 뿐 아무 근거 없음) 초대한 친구들은 독주 애호가들이라 도수가 낮은 진짜 모히토는 너무 콸콸 마실 것 같았다. 하여 일손도 덜 겸 준비한 것이 당시 나름 신상 주류였던 민트 소주였다. 이름하여 '몰디브 소주'. 라임과 민트의 향과 맛이 나는 이 소주로 식전주를 대체하고 다수의 볼리비아 음식에 식재료로 들어가는 퀴노아를 넣어 '퀴노아 샐러드'를 만들었다. 자메이카의 음식인 저크치킨을 생각나게 하는 장작구이 닭 김종용 '누룽지통닭과 남미 음식 가운데 내가 좋아하는 세비체풍 레몬 물회와 모둠회 등등을 첫 테이블에 모두 차렸다. 두 번째 술상부터는 테마에서 벗어나 자유롭게 메뉴를 선정했다. 당시 유행하는 음식 조합이나 그즈음 내가 맛있게 먹은 음식을 안주로 차렸다. 육포와 셀러리 스틱에 곁들인 차즈키 소스, 땅콩버터를 바른 청사과 썸머킹, 통밀 토스트 위에 올린 마스카포네 치즈와 체리 잼, 얼음을 섞은 황도와 파인애플 통조림, 그리고 진미채 튀김을 안주로 한참 마시고 떠들었다. 결국 원두막 포석정 스타일은 버렸지만 남쪽으로 휴가 간 듯 통영 다찌집 스타일로 얼음 가득 세숫대

야에 넣어둔 맥주와 소주를 하나씩 꺼내 먹으면서.

　아. 다시 생각해도 정말 재미있었고, 맛있었고, 즐거웠다. 파티를 기획하고 준비하는 것뿐 아니라 나의 '맛집 탐방'의 과정도 이와 좀 비슷하다. 지금 이 계절, 요 며칠의 날씨, 나와 주변 사람들의 기분, 국제 정세(이것도 중요함. 러시아가 우크라이나 침공을 시작한 이후 나는 러시아 식당에 가는 일을 중단했다. 그 나라 음식을 기꺼이 먹을 기분은 아니었기 때문에. 같은 이유로 2019년 국가보안법 제정으로 막을 내린 홍콩 민주화운동 이후 제니 쿠키도 먹지 않는다), 이런 저간의 사정을 두루 살펴서 어디에 가서 무얼 먹을지를 1년 365일 늘, 쭉 생각하는 편이다. 그러다 어느 날 그 모든 합이 딱 맞은 날을 맛집 탐방일로 정하는데 예를 들어 봄꽃이 한창일 때 도다리쑥국을 먹고 꽃 보기 좋은 안양 천변을 걷는다든지, 여름에는 민어회로 복달임을 하고 수박화채를 안주로 2차를 도모한다든지, 가을에는 등산을 한 후에 단풍잎으로 장식한 전어회를 단풍 술잔(차가운 술을 따르면 잔 겉면에 그려진 나무의 흰 잎사귀에 노랗고 빨갛게 단풍이 드는 술잔이 있음)에 담아 마신다든지, 겨울에는 눈이 펑펑 오는 날 만나 평양냉면에 한잔하고 어묵바에서 2차… 뭐 이런 식이다. 영화 〈미나

리〉의 윤여정 배우가 미국 아카데미 여우조연상을 받은 날에는 미나리 삼겹살을 먹으며 축배를 든다든지. 이 음식을 바로 지금 먹어야 하는 의미를 부여하고 과몰입하는 과정을 그 시절만의 풍류라고 즐긴다. 계속 건강한 몸으로 계절 별미에 술을 곁들이려면 운동 열심히 하고 식이조절도 하면서 건강지표 잘 체크하며 살아야 한다고 서로에게 훈수도 두면서.

그런데 '아무튼, 라디오'에서 파티 얘기, 요리 얘기, 맛집 풍류기가 웬 말이냐 싶을 텐데, 내가 무언가 먹고 즐기는 과정이 묘하게 라디오 오프닝 멘트를 쓰는 과정과 비슷하기 때문에 언급하지 않을 수 없었다. 그 날짜에 특별한 이슈가 있는지를 살펴서 하나의 주제를 정하고, 말하거나 생각할 거리를 차근차근 정리한 다음 함께 그 깊은 생각 하나를 나누는 일련의 과정이 '파티 계획 세우기(요리)'와 '맛집 탐방', 그리고 라디오 프로그램의 '오프닝 멘트 쓰기'까지 어찌 보면 하나의 규칙적인 마인드맵으로 늘 돌아간달까. 그러니까 이 세 가지는 내 인생의 3대 의미 부여 행위인 것이다.

생방송을 마친 라디오 작가가 가장 먼저 하는 생각은 뭘까? 생방송을 마치고 라디오 부스를 나가면서부터, 방송 이후의 일(이후 며칠간 코너에 들어갈 음원 체크, 당일 커피 쿠폰 당첨자에게 쿠폰 발송, 선물에 당첨된 청취자 리스트 정리 등)을 챙긴 다음 작가실을, 방송국을 나가면서 하는 생각. 무려 내일 원고를 미리 다 써서 이메일로 보낸 직후에도 라디오 작가는 가장 먼저 이 생각을 한다. '그래서 내일(다음) 오프닝은 뭐 쓰지?' 아침밥을 먹으면서, 혹은 밥을 다 먹고 숟가락을 내려놓으면서, 또는 설거지하면서 '그래서 점심밥은 뭘 먹지?' 걱정하듯 작가도 마찬가지다. 오프닝 멘트 주제를 찾는 여정은 이때부터 시작된다.

라디오 작가가 되고 처음에는 방송국 도서자료실 붙박이였다. 밀레니엄 앞뒤였던 그 시절에는 인터넷 검색 시스템이 지금 같지 않아서 무엇이든 직접 찾아보는 수밖에 없었다. 그날의 조간이나 며칠 지난 신문의 일희일비, 따뜻한 뉴스, 횡설수설에서 휴지통 코너까지 다 뒤지며 의미 있게 쓸 소재가 있나 찾았다. 평소 잘 쓰지 않는 문장 하나, 혹은 눈이 번쩍 뜨이는 인상적인 단어 하나면 되었다. 그런데 그게 참 야속하게도 어떤 때는 눈에 탁 띄지만 어떤 때는 영 보이질 않고, 잘 풀리지 않을 때는 방송 당일 새벽이나 아침이 되어서야 찾아지기도 해서 '유레카!'를 외칠 틈도 없이 오프닝 멘트를 겨우 말이 되도록 꿰어 보내고는 한숨 돌리기도 했다.

몇 번 그런 곤혹을 마주한 뒤로는 평소에 책이나 신문을 읽거나 뉴스를 보다가도 이거 오프닝 멘트로 쓰기 괜찮겠다 하면 얼른 키워드나 소스를 요약해서 써두는 작은 수첩을 만들었다. 아날로그적 기록이었던 '오프닝 수첩'은 시간이 지나면서 '오프닝거리'라는 제목의 한글(hwp) 파일이 되었고. 방송작가 만 25년 차인 지금도 여전히 나는 이 파일을 사용하고 표시하고 업데이트한다. 동시에 두 프로그램이나 그 이상을 할 때는 기억력이 흐려진 나머지 같은 주제로 오프닝 멘트를 쓴 걸 뒤늦게 깨닫고 식은땀을 흘린 경험도 있다. 이후로는 이미 사용한 소재는 파일에서 지우진 않되, 해당 부분에 취소선을 그어 언제 어떤 프로그램의 글감으로 썼는지 표기해둔다.

한번은 방송국 라디오 작가실에 돌연 월간지 『좋은 생각』 금지령이 내려졌다. 내가 만드는 행복 함께 나누는 기쁨의 잡지 『샘터』도 함께.

탄생화처럼 모월 모일에 읽는 글이 하나씩 있는 『좋은 생각』은 하루 한 번 생각해볼 거리를 주고 일상을 환기시키는 데 딱인 잡지다. 1992년에 창간

되었고 두터운 독자층을 확보하며 지금까지도 꾸준히 사랑받고 있다. 그리고 하루에 하나의 읽을 글이 있어서 한때 라디오 작가들에게 오프닝 멘트 단골 소재로 사용되어 방송국 전반에 큰 문제가 되기도 했다. 그러니까 4월 13일 페이지에 태국 물의 축제 '송끄란'을 소개하면서 태국은 4월 13일을 새해 첫날로 본다는 글이 『좋은 생각』 4월호에 실리면 방송국 몇몇 프로그램의 작가들은 4월 13일 방송에 '송끄란'과 '태국은 4월 13일이 새해 첫날'이란 내용을 담은 오프닝 멘트를 쓴다. 방송을 듣는 사람들은 작가들이 서로 원고를 베껴 썼거나, 소재가 유출됐거나, 이 정도까지 억울하게 해석하진 않더라도 어쨌든 '여기도 또 그 소리냐!?' 식상하게 여기게 되는 것이다. 이야기를 풀어가는 방향이나 결론이 달라도 주제 키워드가 같으면 듣는 사람은 다 그게 그것인 이야기로 들리나 보다. 그런 느낌이 든다는 걸 나도 강하게 부정은 못 하겠다. 그래서 결국 방송사 라디오 데스크 의사결정자들이 회의를 통해 잡지 『좋은 생각』과 『샘터』에 실린 글을 소재로 한 글쓰기를 금지하는 특단의 조치를 내리기에 이른 것이다. 하여 그때 이후로 나는 방송 날짜에 유사 이래로 어떤 의미가 있는지를 단독적으로 찾아

헤매기 시작했고, '역사 속 오늘'이라는 신문 코너와 인터넷 홈페이지가 있어 아주 오래 고맙게 애용하였다.

"미국의 한 과학 칼럼니스트가 두 도시 사이의 개화 시기 차이를 도시 간의 거리로 나눠 봄이 오는 속도를 계산했다고 해요. 그랬더니 봄꽃이 피면서 북상한 속도는 시속 1킬로미터였다고 하죠. 시속 1킬로미터는 보호자가 아기의 유아차를 미는 평균 속도 정도라고 합니다. 그렇게 너무 빠르지 않게, 그리고 조심스럽게 봄은 우리에게 오고 있네요."

봄에 들은 KBS 클래식FM 〈생생클래식〉 장유림 작가님의 오프닝 멘트는 오래 기억에 남겠다.

오프닝 멘트를 잘 쓰는 작가들은 대체로 늘 잘 쓴다. 보통이거나 별로인 날 없이 어떻게 이렇게 매일 잘 쓸까 감탄이 나온다. 오프닝 멘트를 잘 쓰는 작가님들 부럽다, 정말 부럽다. 클래식 FM에서 오래 일했던 김미라 김경미 박나경 장유림 황보나영 작가님 오프닝 멘트가 좋아서 한때는 다른 일을 하다가도 이분들 프로그램의 오프닝 멘트는 시간 맞춰 꼭 챙겨 듣기도 했다.

오프닝 멘트를 매일 늘 쭉 잘 쓰는 작가는 아니지만 그래도 라디오 오프닝 멘트를 쓰면서 배운

점이 있어 그것만으로 나는 족하다.

전국이 다 같은 상황이 아니라면 날씨나 교통 상황 얘기는 오프닝 멘트로 쓰지 않는다. DJ가 있는 곳과 다른 지역의 사람이 라디오를 들었을 때 '내가 사는 곳은 그 날씨가 아닌데? 그런 교통상황 아니었는데?' 혹 소외감을 느낄 수 있으므로.

매일 대단한 오프닝 멘트나 코너 원고를 쓰고 싶다는 욕심도 자연스레 내려놓게 되었다. 근사한 단어 하나를 찾고 싶은 마음은 여전하지만, 그보다는 선거 다음 날 "거리의 소란스러움이 잦아든 오랜만의 이 아침 적요가 반갑다"라든가 "전국이 장마권이란 예보에 챙겨 들고 나온 작은 우산 하나가 하루를 든든하게 만든다" 같은 소소한 말들로 마음을 다독이거나 어떤 순간을 상상하게 하는 일이 더 즐겁다.

마지막 교훈 하나는 모든 일이 그렇듯 글 역시 열심을 다해도 결과가 반드시 좋진 않을 수도 있다는 것이다. 어떤 날에는 원고가 되게 잘 써진다. 굳이 말을 하진 않았지만 '아, 세상에, 나는 왕천재 작가인 건가' 싶고, '이렇게 글을 잘 쓰다니 이런 표현은 인구에 회자될지도 몰라' 싶지만 DJ가 막상 원고를 읽었을 때 별 감흥이 없기도 하다. 또 너무 글이 안 써져서 겨우 비문만 면한 오프닝 멘트나 코너 원고를 DJ의 말로 들을 때 '내가 원고를 저렇게 썼다고?' 놀라서 다시 원고를 읽어보기도 한다. 분명 내가 쓴 원고 그대로 읽었는데 누가 어떤 어조와 목소리로 어떤 타이밍에 어떻게 읽는지에 따라 말에 다른 에너지와 힘이 생겨 방송을 들은 사람들의 호응이 쏟아지기도 한다. 이럴 때면 말이나 글이 말하는 사람이나 글쓴이를 떠난 뒤 그 자체로 생명력을 가진다는 걸 믿게 된다. 같은 말이나 글인데 언제 어떤 사회적·개인적 분위기에서 읽고 듣는지에 따라 글의 파동이 달라진다. 내가 최선을 다해도 반드시 결과가 좋지는 않을 수도 있다는 사실은, 어떨 땐 원래의 노력과 다르게 나쁜 결과를 갖고 오기도 한다는 사실은 내 삶에 좋은 영향을 주었다. 완벽주의자를 지향하는 나는(완벽주의자가 아니고, 완벽주의자이고 싶은 사람) 원고를 한참 붙잡고 고치고, 고치고, 또 고쳐서 생방송 직전까지 고치고 싶어 하는 사람인데 내가 그런다고 해서 반드시 완벽하거나 좋은 결과가 돌아오는 건 아니란 걸 깨달았다. 그런 깨달음은 이후로 팀원 모두가 일에 지장받지 않을 안전한 시각까지 원고를 정확히 보내는 혹은 미리 원고를 보내놓는 작가가 되는 데 큰 도움이 되었다.

글을 잘 썼든 못 썼든 시작된 생방송은 반드시 끝이 있고, 그날의 방송은 지나간다. 오늘의 원고가 성에 차지 않으면 내일의 원고에 좀 더 열심을 다해보자는 마음을 갖는다. 요즘은 심마니분들도 산삼만 캐는 건 아니라는 기사를 읽은 적 있다. 몸과 마음을 정갈히 하고 산에 들어가는 심마니분들도 송이나 석이버섯도 채취하고, 나물만 캐서 내려오는 날도 있다는 것과 비슷한 얘기리라.

나는 오늘도 그날의 분위기, 정치 상황, 국민 정서에 맞춰 적합한 주제와 말을 찾는다. 그리고 찾은 글감을 아이폰 메모장과 다음(DAUM) 내게 쓴 메일함에 메일로 보내놓는다. 며칠에 한 번 글감을 저장해둔 이곳저곳을 뒤적여 '오프닝거리' 한글 파일에 정리한다. 그래도 어쩌다 한 번 입맛에 딱 맞는 '고급 제철 요리' 한 상 같은, '심봤다'라고 나 혼자라도 외칠 수 있는 기깔난 오프닝 멘트를 쓰겠다고 다짐하면서. 아니면 말고.

귀벌레 이야기

'귀에 벌레라니, 으….' 고개부터 저으며 호러 영화의 한 장면을 떠올리고 목이 움츠러든 분이 계실 것 같다. 얼른 안심부터 시켜드리자면 뭐 그렇게까지 끔찍한 이야기는 아니다.

같이 일했던 음악 프로그램 PD 중에 마지막 곡을 같이 고르는 걸 즐기는 사람이 있었다. 노래 한 곡을 남겨두고 광고가 나갈 때 그는 종종 물었다. "작가님, 막곡 뭐 틀까요? 어떤 곡을 틀어야 종일 흥얼거렸다는 사연이 내일 올라올까?"

PD나 작가 가운데 선곡을 특별히 잘하는 사람이 있다. 선곡을 잘하는 사람에도 종류가 있는데 하나는 타이밍에 맞게 곡을 잘 고르는 사람이다. 음악이야 다 좋지만 어떤 요일, 어떤 날씨, 어느 계절에 들으면 특별히 심장으로 바로 침투하는 듯한 음악이 있다. 어두컴컴하고 흐려서 기분이 가라앉는 날인지, 흐리다가 갑자기 햇볕이 쨍하게 나서 드라이브라도 가고 싶은 날씨인지, 함박눈이 펑펑 쏟아지거나 싸락눈이 비처럼 내리는지에 따라 미묘하게 찰떡같이 어울리는 음악이 다르다. 예를 들어 흐린 날 선곡된 닉 케이브의 동굴 울림 같은 목소리는 정말 사람을 녹인다.

또 다른 하나는 방송국 용어로 소위 '곡을 잘

붙이는' 사람. 어느 곡 다음에 이어질 음악을 비슷한 분위기의 곡으로, 혹은 분위기는 영 다른데 잘 어울리는 곡으로 연결하는 사람이다. 뿐만 아니라 '이 곡 뒤에 이 곡이 나오는 건 반칙이지!' 싶게 연이어 들으면 듣는 사람의 흥을 한껏 끌어올리거나 (첫 곡 들으며 발만 까딱거리던 사람을 두 번째 곡으로 앉은 채 허리 웨이브라도 하게 만들거나, 나아가 테이블 위로 올라가게 한다든가) 깊은 감성에 풍덩 젖어들게 하는(곡1을 '캬, 술 생각나네' 하면서 듣던 사람이 곡2를 들으며 그날 저녁 술 약속을 기어이 잡게 만드는 분위기) 사람이 있는데 우리는 그들을 기술자, 선곡 기술자라 부른다. 하나만 잘하는 사람도 있고, 물론 둘 다 잘하는 사람도 있고.

아무튼 그 무렵 같이 일했던 PD는 둘 다였다. 음악을 감각 있게 골라서 방송하거나 곡1과 2를 기가 막히게 연결시키는 사람이었다. 내게 묻기는 하지만 사실 이미 염두에 둔 몇 곡이 있는 게 분명하다. 가끔 다른 사람에게 의견을 물었을 때 기발하고 절묘한 의외의 곡이 튀어나오기도 하기 때문에 '내가 가진 거 말고 뭐 똘똘한 거 있음 내놔보시오'라는 뜻으로 하는 소리다.

"글쎄요. 모자이크의 〈자유시대〉가 듣고 싶긴

한데, 뭐 골라놓으셨는데요?"라고 하니 웃는다. 얼굴이 벌써 답을 한다.

"모자이크 〈자유시대〉. 좋네요, 좋아. 오늘 귀벌레는 덴데기로 가시죠."

다음 날 방송이 시작되자마자 어제 끝 곡 뭐냐고, 그 곡 듣고 하루 종일 "덴데기— 데기디 데디데디 데디야하" 중얼거렸다는 사연이 몇 개 도착했고, PD는 흡족한 얼굴로 방송을 시작했다.

어떻게 생각하면 좀 징그럽게 느껴지기도 하는 단어 '귀벌레 (음악)'를 이럴 때 쓴다. 마치 귀에 음악 소리를 내는 벌레라도 들어온 것처럼, 그 벌레가 귀에서 나가지 않는 것처럼 특정한 노래나 멜로디가 귓가에 맴도는 현상을 두고 '귀벌레 증후군 (Earworm Syndrome)'이라 말한다.(출처: 국제언어대학원대학교 신어사전) 예전에는 그런 음악을 곧이곧대로 '중독성 있는 음악'이라고 했고, 한때는 '훅송 (Hook Song)'으로, 또 어떤 때는 '수능 금지곡'이라 부르더니 언젠가부터는 '귀벌레 증후군'이라는 말에서 떨어져 나와 '귀벌레 음악'이 되었다. 듣고 난 뒤에 하루 종일 귓속에서 맴돌아 심지어 입으로 종일 흥얼거리게 되는 그런 음악.

사전에서는 귀벌레라는 단어에 땅에서 기어

다니는 애벌레를 뜻하는 'worm'을 쓰지만 나는 그
보다 날벌레의 의미로 'fly'를 쓰는 게 맞지 않을까
생각한다. 언젠가 우연히 귀에 아주 작은 날벌레가
들어온 적 있는데, 평소에는 잘 보이지도 않는 그
작은 벌레의 날갯짓 소리가 귓속에서는 너무 크게
들려서 무척 괴로웠다. 알파벳 Z가 이어지는 'ZZZZ
ZZZZZZ(즈즈즈즈 즈즈즈즈즈즈)' 하는 소음과 전기
가 통하는 것 같은 미세한 간질거림이 귓속 어딘가
에서 계속 발생했다. 그러다 처음 들어왔을 때와 마
찬가지로 벌레는 고맙게도 알아서 나가주었다.

　　귀에 벌레라도 들어온 듯이 나의 의도와 상관
없이 음악이 귀와 머릿속에 자리 잡아 종일 머물 때
가 있다. 방금 전 들은 노래가 반복 재생되기도 하
고, 언젠가 들은 노래가 뇌에 각인되어 무심결에 아
무 데서나 재생되는 경우도 있다.

　　점심시간에 "오늘은 뭐 먹지?" 하며 동료와 걸
어 나가다가 갑자기 ♬"山와 山와 山와머니! 山와 山
와 믿으니까! 걱정 마세요"라는 노래를 불러서 "왜,
돈 빌리게?"라는 소리를 들은 뒤 내 입을 내 손으로
때리고 싶었던 날도 있었다. 당신에게 그 비슷한 순
간이 있었다면 당신은, 우리는 귀벌레의 마법에 걸
린 적 있는 사람이다.

귀벌레 음악 하면 미드 〈앨리의 사랑 만들기
(Ally McBeal)〉의 장면들이 떠오른다. 배우 칼리
스타 플록하트가 연기한 주인공 '앨리 맥빌'은 배
리 화이트(Barry White)의 〈You're The First, The
Last, My Everything〉이란 곡의 귀벌레 침투 공격
을 시도 때도 없이 계속 당하는 사람이다. 변호사가
직업인데 의뢰인을 만나는 자리에서도, 혼자 화장
실에 있을 때도, 법정에서 변론을 펼치거나 선고를
기다리면서도 이 노래가 갑자기 흘러나오면 앨리
맥빌은 정상적인 생각과 행동을 벗어나 엉뚱한 일
을 벌이고는 한다. 최후변론 직전에 이 노래가 앨리
의 귓가에만 들려서 법정에서 갑자기 춤을 추고 말
았던 것처럼.

　　아무튼 '귀벌레 음악'은 계속 귀에 남아 부르
게 되는 음악답게 중독성이 강하고 빠르거나(댄
스곡) 반복적인 템포의 음악이란 특징이 있다. 대
표적인 수능 금지곡인 슈퍼주니어의 〈쏘리 쏘리
(SORRY, SORRY)〉나 샤이니의 〈링 딩 동(Ring
Ding Dong)〉, 〈Sherlock · 셜록(Clue+Note)〉 같은
곡만 해도 어찌나 신나고 흥 나서 후렴구를 몇 번이
고 흥얼거리게 되는지. 심지어 가사를 다 몰라도 기
어이 따라 부르게 만든다.

거슬러 올라가면 로스 델 리오의 〈마카레나 (Macarena)〉 같은 곡이 있다. 무려 1996년 여름에 유럽 배낭여행 가서 처음 들었는데 지금도 여전히 갑자기 고장 난 라디오처럼 툭 노래를 중얼거리게 된다. '마카레나'가 다 뭐야. 사실 옛 클럽 음악이나 훅송 중에 귀벌레 음악이 아닌 곡이 없다. 언젠가의 라디오 DJ들이 "자, 그럼 한번 흔들어보시죠" 하면서 들려주었던 음악들. 로라 브래니건의 〈글로리아(Gloria)〉, 볼티모라의 〈타잔 보이(Tarzan Boy)〉, 모던 토킹의 〈브라더 루이(Brother Louie)〉, 〈유어 마이 하트 유어 마이 소울(You're My Heart You're My Soul)〉, 런던 보이스의 〈할렘 디자이어 (Harlem Desire)〉, 독일 밴드 칭기즈칸의 〈칭기즈칸 (Dschinghis Khan)〉. 8090 나이트 음악, 클럽 음악으로 통칭됐던 음악 중에 중독성 없는 노래가 없다.

뭐니 뭐니 해도 귀벌레 증후군을 가장 많이 데려오는 건 광고음악이다. 분명 시각과 청각이 함께 자극을 받았는데 이미지는 사라지고 음악만 오래 남아 나를 괴롭히는 경우. 김연아 선수의 에어컨 광고음악 ♬"씽씽 불어라 씽씽하게 씽ㅡ씽ㅡ씽ㅡ씽ㅡ 시원하게 불어라". 한가인 배우의 세탁기 광고음악 ♬"원 투 쓰리 포 버블 버블~ 스윗 러브 스윗 드림 버블 버블~". 이 음악은 무려 팝재즈 그룹 '윈터플레이'의 히트곡 가운데 하나다. 이나영 배우가 출연했던 ♬"여름이니까 아이스 커피, 여름엔 맥心 아이스!" 이 광고음악도 한동안 괜히 부르고 다녔다. ♬"시간 좀 내주오. 갈 데가 있소. 거기가 어디요? Hi마트." 전자제품 전문몰 광고는 유준상 배우의 오래된 히트곡이었고, ♬"간 때문이야. 간 때문이야. 피곤한 간 때문이야." 스포츠 스타의 강장제 광고음악까지 상관이 있기도 하고 없기도 한 음악을 물건 팔아준 적 없이 참 많이도 부르며 다녔다.

광고음악은 어떤 사람이 라디오 애청자인지 아닌지를 판별하는 기준이 되기도 한다. 유독 라디오 광고로 유명한 CM 송을 안다면 뭐 더 말할 것도 없이 외칠 수 있다. "오! 라디오 좀 들으시는군요! 좋아요!"

♬"공무원 시험 합격은 에듀Will! 공인중개사 합격 에듀Will!!" ♬"서울사이버大學을 다니고 나의 성공시대 시작됐다. 서울사이버大學을 다니고 나를 찾는 회사 많아졌다." 이 사이버대학 광고음악은 내가 일하던 프로그램의 단골 청취자였던 친구의 세 살짜리 아들이 볼 때마다 내게 불러준 노래였다. "이모 프로그램 끝날 때 매일 나온 노래지?" 나

는 감읍하며 친구 아들에게 기꺼이 관람료를 지불
했다.

♬ "연Do해요 연Do해요. 요리할 때 모두 연Do
해요." 이 노래를 매일 들었던 나도 결국은 부지불
식간에 요리할 때 연Do하게 되었다.

라디오 프로그램에서 일하다 보면 이 귀벌레
증후군으로 인한 흥미로운 일도 종종 일어난다. '어
제부터 꽂혀서 계속 흥얼거리고 있는데 도무지 곡
제목을 모르겠다'라는 사연이 종종 도착했다. 그런
데 문제는 그 곡조를 문자로 보내왔다는 점이다.

나나나나 나나나나 발걸음 나나나나. 이런 곡입
니다. 제목 아는 분 계실까요?

이런 경우도 있었다.

레도# 도도도 시시♭ 라라솔#로 시작하는 이 곡
제목 DJ님 피디님 작가님 아실까요?

놀랍게도 이런 힌트 문자만으로 라디오 프로
그램 제작진과 방송을 듣는 청취자 모두가 중지를
모아 방송 중에 문의한 곡 제목을 알아낸 적이 있었

다. 세상에는 절대음감을 재능으로 가진 이도, 퀴즈왕도 많다는 걸 이럴 때 실감한다. (혹 궁금해할 분이 있을까봐 정답을 공개하자면 첫 곡의 답은 에메랄드 캐슬의 〈발걸음〉이고, 두 번째 곡의 답은 비제의 오페라 〈카르멘〉 중 '하바네라'다.) 물론 "죄송하지만 도저히 저희 중 아무도 모르겠습니다" 하며 모두가 두 손 두 발 다 든 예도 비일비재하고.

무려 전 세계 인구의 98퍼센트가 이 귀벌레 현상을 경험한다고 한다. '귀벌레 증후군'이 생기는 이유는 그저 뭐에 하나 꽂히는 우연일 수도 있지만 긴장 상태에 있을 때 스트레스를 완화하기 위한 뇌의 작용이라고 전문가는 말한다.* 수능 시험 같은 중요한 일을 앞두고 있다거나 일주일 중 월요일 같은 스트레스 상황에서 단순 반복 구절이 많은 노래가 특히 우리 귀에 들어오고 주문에 걸린 것처럼 몇 번이고 따라 부르게 된다는 것.

문제는 이런 음악을 흥얼거리는 행위가 집중력을 떨어뜨리고, 심할 때는 밤까지 이어져서 양질의 수면을 방해하기도 한단다. 이런 경우에는 '가사

---

* 안진용, '자꾸 귓가서 '맴맴'… 공부 훼방꾼 '수능 금지곡'', 문화일보, 2020년 11월 18일 자.

나 반복적인 멜로디가 없는 클래식을 들으라'고 전문가는 충고하기도 한다. 하지만 클래식 음악이 반복 멜로디가 없다고 누가 그래요?

클래식 음악에도 훅이 있다. 영화 〈번지점프를 하다〉의 배경음악으로 쓰인 쇼스타코비치의 〈다양한 오케스트라를 위한 모음곡(Suite for Variety Orchestra)〉의 '왈츠 2번'의 중독성도 어마어마하다. ♫ "쿵짝짝 쿵짝짝 쿵짝짝 쿵짝짝"으로 시작해서 ♫ "빠빰 빰빠라바라 빰빠라바라 밤뽀뽀"로 끝나는 이 음악의 멜로디는 한 번 들으면 며칠도 흥얼거려지는 강력함이 있다.

이 증후군의 또 다른 해결책으로 전문가는 껌을 씹거나 집중력이 더 큰 게임(말하면서 하는 게임인 경우 더욱 유용)을 하라고 조언한다(아니, 근데 선생님, 이건 중독을 또 다른 중독으로 덮는 거잖아요?). 그리고 인상적인 구절이 맴도는 걸 지우기 위해 해당 노래를 처음부터 끝까지 완전한 곡으로 다시 한 번 귀 기울여서 듣는 것도 방법이 된다고 한다. 마무리되는 조성이 주는 안정감으로 인해 후렴구를 잊게 된다는 것이 전문가의 의견. 전문가의 조언과 마찬가지로 내 경우 귀벌레로 어떤 노래를 계속 흥얼거리는 걸 멈출 수 없을 땐 피하지 않고 실컷 즐기는 편이다. 물론 내가 순간순간 어딘가에 몰입을 잘하는 성격이라, 몰입의 대상이 잘 바뀌기 때문에 한 대상에 오래 중독되지 않아서(새로 계속 중독되는 사람이라) 할 수 있는 이야기다.

근데 사실 노래만 귀에 꽂히는 건 아니다. 누군가에게 들은 말 한마디가 온종일, 며칠, 심지어 몇 년에 걸쳐 계속 들리는 경우도 있다.

"너는 너 자신을 사랑하지 않는 것 같아." 어느 날 친구가 내게 한 말. 이 말을 듣자 마자 추운 날 누군가가 나를 향해 불쑥 찬물 한 바가지를 뿌린 것 같은 충격을 받았다. 어떤 반응을 보여야 할지 몰라서 마치 못 들은 것처럼 다른 얘기만 하다 헤어졌다. 평소의 나라면 그건 사실이 아니라고 반박하거나 그렇게 보이는 이유가 뭔지 물어라도 봤을 텐데, 당시의 나는 심한 우울증을 앓고 있어서 아무 반응도 하지 못했다. 그리고 그런 나 자신을 한동안 미워했다.

친구의 말은 옳았다. 그때 나는 나를 사랑하지 않았다. 그렇지만 나도 알고 있는 어떤 사실을 타인이 굳이 다시 한번 확인시켜줄 때 깨달음 이전에 잊기 힘든 상처가 되기도 한다. 내가 나를 사랑하지 않는다는 사실보다 내가 나를 사랑하지 않는 걸 그 친구가 알고 있다는 사실에 충격을 받았다.

한참 마음을 이상하게 쓰던 때여서 나는 엇나갔다. '아니. 나는 나 자신을 사랑하는데! 완전완전 사랑하는데!' 자신을 사랑하지 않는다는 말에 엇나가기 위해서, 오래 마음이 아팠던 나는 보란 듯이 열심히 나를 사랑하는 방향으로 나아가기 시작했다. 시간이 좀 걸렸지만 진짜로 나를 긍정하고 아끼게 되면서 지금은 그 말이 틀렸다고 말할 수 있다.

뒤늦은 해명을 할 새도 없이 그 친구와는 멀어졌다. 맞는 말이었지만 지금 다시 생각해도 너무 아픈 말이다. 이때의 교훈으로 나는 힘들어 보이는 친구에게는 충고를 하기보다 안아준다. 말로든 몸으로든.

결코 잊을 수 없는 따뜻하고 고마운 말도 있다.

"너와 이야기하면 마음의 길이 잘 찾아지는 기분이야. 지금껏 그래온 것처럼 우리 계속 씩씩하게 걸어가보자."

만나서 대화한 것만으로 서로의 용기를 합쳐 크게 만든 뒤 반씩 나누어 가지고 돌아온 기분이 들었는데, 친구는 집에 도착해서 전화로 저런 이야기를 건넸다.

일하고 돈을 받지 못하거나 나이 때문에 고용되지 않을 때, 일이 잘 풀리지 않아서 힘들어할 때 우선 자기반성부터 하는 내게 했던 친구의 말도 오래 기억하고 있다.

"네 잘못이 아니야."

자기합리화는 좋은 습관이 아니지만 사회구조에서 비롯된 잘못임을 분명히 아는 것도 필요했다.

귀벌레 증후군이, 노래 하나를 오래 반복해 부르는 게 세상에 그리 해로운 일은 아닐 것이다. 그러니 귓가에 맴도는 노래라면 부르면서 기분이 좋아지기를, 기억에 남는 말이라면 떠올리면서 마음이 평안해지기를 기원한다. 말과 글과 음악이 우리 삶에 영향을 준다면 이왕이면 삶을 감싸고 어루만져주기를. 물론 그 모든 건 결국 스스로가 말과 글과 음악에서 기운을 얻어 자신의 힘으로 만들어가야 하는 일이지만.

라디오 로맨스

TV 작가로 방송 일을 시작했는데, 라디오 쪽에 미련을 버리지 못하고 기웃대기를 한참, 드디어 라디오 작가로 입성하게 된 어느 날이었다. 낯선 환경에 적응하며 정신없는 시간을 보내던 중 함께 일하던 TV 작가 선배를 방송국 앞 카페에서 만났다.

"그래, 마음에 드는 PD는 있든?"

자리에 앉자마자 건너온 선배의 첫 마디. 마시던 물을 풉― 뿜을 뻔한 위기를 타고난 교양과 자제력으로 모면했다. '라디오 일은 좀 어때?'도 아니고 '같이 일하는 사람들하고는 손발이 좀 맞아?'도 아니고 다짜고짜 '마음에 드는 PD' 타령이라니. 머릿속에 온통 '로맨스으!!! 연애애!!!'밖에 없는 연애지상주의자들 같으니.

어이없어서 터진 웃음을 일단 마저 웃고, 물 마시다 조금 튄 물을 손수건으로 닦으면서 "아니, 라디오 언니들은 'TV 쪽은 편집실에 밤새 같이 앉아서 작가랑 PD랑 그렇게 편집하다 사귄다며?' 묻고, TV 작가들은 '라디오 작가는 다 라디오 부스에 PD랑 마주 앉아서 만날 꽁냥꽁냥 한다며?' 하고. 정작 일하는 작가들은 출퇴근 불규칙하지, 퇴근하고 집에서도 원고 쓰지, 프로그램 제작 상황은 왜 그리 수시로 바뀌는지 했던 약속도 취소하게 만

들고. 먹고살기 바빠서 데이트가 다 뭐야, 있던 애인이랑도 헤어져서는 너 나 할 것 없이 솔로던데 방송국에서 대체 연애는 누가 하나요? 연예인?"이라고 숨도 안 쉬고 내뱉었다. 그 시절 나는 누가 연애의 '연' 자만 꺼내도 듣는 사람이 질릴 만큼 말을 한(恨)처럼 토해내고는 했다.

라디오 작가 일을 막 시작한 그때 나는 연애 안식년이었다. 오래 사귀었던 연인과 별별 해괴한 일을 다 겪으며 꿀이 뚝뚝 떨어지던 사이에서 정이 뚝뚝 떨어진 사이가 되어 관계를 정리한 직후여서 남녀상열지사라면 다 징글징글했다. 이성과 인간에 대한 신뢰가 바닥에 떨어지고, 모든 관계에 불신이 팽배해져 마치 마음에 전류라고는 애초에 흐른 적 없는 부도체 같은 상태로 일만 하며 지낼 때였다.

그런데 하필 나와 내 주변 지인 절반은 라디오 PD와 작가의 사랑을 담은 이도우 작가의 소설 『사서함 110호의 우편물』에 꽂혀 있고, 나머지 절반은 시트콤 〈올드미스 다이어리〉(이하 〈올미다〉)에 열광 중이었다. 라디오 방송국에서 일을 하면 『사서함 110호의 우편물』의 건PD나 〈올미다〉의 지PD 같은 PD를 우연히 만나고, 곧 소설이나 드라마 같은 연애를 정해진 수순으로 하는 줄 알았다. 소설 『사서함 110호의 우편물』과 〈올미다〉의 팬으로서 나 역시 그런 바람이 없었던 건 아니지만, 사내 연애를 담은 드라마나 소설이 직딩에게 가장 비현실적 로맨스이듯 방송국 사람에게 방송국 로맨스란 공산 없게 느껴지긴 마찬가지. 나는 라디오 로맨스에 별반 기대가 없었다(일상을 배경으로 한 로맨스일수록 내가 그 주인공처럼 괜찮은 상대를 만나 로맨틱한 연애를 할 확률은 낮거나 없다는 잔혹한 진실을 이미 알고 있었기에). 그럼에도 로맨스를 포기하기엔 그때의 나는 너무 젊었고, 간간이 피가 끓기도 했다. 사람들이 희박한 확률에도 로또를 사듯 '그래도 혹시…' 하는 마음을 먹었다가 라디오 사무실, 음반실, 스튜디오 등 주변을 지나는 사람의 면면을 휘 둘러본 뒤 '아무리 봐도 이건 아냐' 곧 고개를 저었다. 또 어느 날 불쑥 '설마…?' 하고 부싯돌을 혼자 이렇게 저렇게 비벼보다가 근본 없는 불씨였음을, 그러니까 연애에 대한 희망을 계속 안고 가기엔 당시 라디오국의 로맨스 환경이 너무 척박하다는 진실 현실 사실 진리를 깨닫고 좌절하고는 했다.

　몇 해 더 지나 드라마 〈그들이 사는 세상〉이 방송되던 즈음에는(물론 이 배경은 TV 드라마 제작국이었으나) 노골적으로 비웃을 수 있었다. 나를 포함

하여 주변 작가 일동은 일단 현빈같이 생긴 PD는 방송국에 없다고 코웃음을 쳤다. 그도 그럴 것이 대전제가 문제였다. 신입을 워낙 적게 채용하니 연애를 염두에 둘 또래의 젊은 PD 자체가 잘 없었고, 혹 젊은 남자 PD가 있다고 해도 그 사람이 싱글이거나 사귀는 사람이 없을 확률도 희박했다. 이 단계에서 이미 라디오 작가가 함께 프로그램을 만드는 스태프와 연애할 확률은 1퍼센트 정도로 떨어지고, 천에 하나 만에 하나, 싱글 남자 PD랑 일하게 되었다고 해도 상대가 매력적인 사람이고 거기에서 나아가 두 사람이 '서로' 호감을 느끼기란, 그 호감이 연애로 이어지기란 또 얼마나 어려운 일인지. 이 정도면 방송국에서 PD와 작가가 연애할 실제 확률은 0.00000몇 퍼센트쯤이지 않을까? 같이 일하는 PD와 작가가 연애하는 드라마나 소설의 설정은 시청자와 독자의 입장에서는 너무 진부하다 싶어도 실상 그렇게 될 확률은 소설이나 드라마에 나올 정도로 매우 드문 일인 것이다(근데 PD와 작가 커플이 있긴 하던데, 전체 PD와 방송작가의 수에 비하면 그리 많은 건 아니므로 나는 드문 일이 맞다고 고집하겠음).

공교롭게 딱 한 번 싱글인 남자 PD와 일한 적이 있다. 그건 뭐랄까. 방송국에서 그 PD를 아는 사

람, 나를 아는 사람, 그리고 둘 다를 아는 사람 모두
가 그와 나의 연애 여부에 귀추를 주목하고 있는 느
낌?

　　정말 지겨웠다. 같이 일하는 몇 년 동안 이어
진 "그래서, 둘은 아직(안 사귀고)?" 같은 질문들.
라디오에서 일하는 두 사람이 사랑에 빠지는 일은
하필 그렇게 낭만적으로 보여가지고, 사람들은 진
심을 담은 응원이든, 흥미로운 가십의 대상으로든
싱글 PD와 싱글 작가인 내가 드라마틱한 사랑을 하
길 원했으나 나는 정말 열심히 했다, 일만. 그리고
고맙고 안타깝게도 그 PD 역시 매우 성실하고 담백
한 사람이어서 열심히 했다, 일만.

　　그 채널에 젊은 싱글 PD와 싱글 작가가 같이
일하는 유일한 팀이라 주변 사람들이 세상 재미있
는 일 만났다는 얼굴로 오늘 두 사람의 표정은 어
떤지, 공기가 달라지진 않았는지, 회의할 때 의자는
가까운지 아닌지, 둘의 기색을 시시때때로 살피는
게 느껴졌다. 하지만 그들이 바란 불씨는커녕 성냥
켜는 냄새도 피우지 못한 채 PD와 나의 협업은 종
료되었다. 성실하고, 일 잘하고, 젠틀하고 끝!

　　이후에도 지인들은 포기하지 않고 "영화 〈접
속〉의 동현(한석규 역) 같은 PD가 너와 딱일 텐데"

(정작 나는 '동현' 캐릭터가 별로였는데), "〈봄날은 간다〉에서처럼 같이 일하고 헤어지기 전에 '(우리 집에서) 라면 먹을래요?'를 PD에게 시전해봐라", "드라마 〈라디오 로맨스〉 보니 DJ와 연애해도 너무 좋을 것 같다. 너라고 못 할 이유가 있나. PD 말고 DJ와 연애해라"를 비롯해 영화 〈유열의 음악앨범〉이 개봉했을 때는 "그 영화 보고 네 생각 나더라, 너도 방송으로 고백해라"까지 라디오를 소재로 한 로맨스물이 주목받을 때마다 나는 상대역도 없는 주인공으로 그 작품 속 역할에 불려 나가 라디오 종사자와 연애하고 결혼하라는 밑도 끝도 없는 강력한 조언에 시달려야 했다.

어쨌든 나는 라디오 작가로 일하면서 연애할 시간이 없었다. 그리하여 방송국에서 일하는 사십 대 비혼 여성으로 로맨스 없이 심지 단단하게 익어 가고 있었는데, 나도 만났다. 『사서함 110호의 우편물』의 건PD 같고, 〈올미다〉의 지PD 같고, 〈접속〉의 한석규 같고(싫다더니?), 〈그들이 사는 세상〉의 현빈만큼 로맨틱하고, 다감하고, 진정성 있게 느껴지는 한 사람. 내가 김깔롱 씨라 부르는 내게는 한없이 깔롱적인 그.

처음 만난 날 상수역 해물포차에서 화장실 다

너오면서 씻은 손의 물기를 손수건에 닦는 모습에 반했다면 너무 사소한 심쿵 포인트일까? 알게 뭐람, 내가 반했고 그렇게 사랑이 시작되었다는데. 사랑의 감정은 사소한 부분에서 아무 이유 없이 일어나고 선명하게 커져가는 것이지. 마흔둘 마흔여섯에 우리는 처음 만나서 정말 재미있게 연애를 하기 시작했다.

어느 날 채널을 바꾸다가 불현듯 딱 내 취향인 라디오 프로그램을 발견한 것처럼, 그날 이후로 매일 같은 시간에 그 프로그램을 듣기 위해서 라디오를 켜는 애청자가 된 것처럼 그의 얘기에 귀를 기울이기 시작했다. 매일 걷고 또 걸으며 40년 넘게 그동안 무얼 하며 어떤 인생을 살았는지 서로의 지난날에 대해, 12월 첫날부터 크리스마스까지 하루 하나씩 어드벤트 캘린더(12월 1일부터 크리스마스이브인 24일까지 날짜별로 작은 선물을 담아놓고 하루에 하나씩 열어보는 달력)를 열어보듯, 의미 있는 나중을 향해서 작은 선물로 기쁨을 키워가듯 조금씩 알아갔다. 카페에서 커피를 마시면서 이야기하다가 나와서 거리를 걸으며 조금 더 이야기하고, 그러다 보면 어느새 해가 져서 저녁에는 술도 한잔 마시면서 대화하고, 소화도 시킬 겸 다시 걷고. 함께 걸으며 말하고 듣는 일이 즐거워서 얼마나 걷고 또 걸었는지 그 시절 아이폰 건강 앱은 내 걸음 수가 만 5천 보가 넘었다고 매일 알려오곤 했다. 하여 김깔롱 씨로 별명이 확정되기 전에 그는 내 휴대전화에 '만오천보 씨'라고 저장되어 있었다.

첫 만남 이후 6개월가량 사십대의 우리 둘은 연애라곤 해본 적 없는 듯이, 처음 사랑에 빠진 듯이 열렬하게 연애를 했더랬다. 그러다 해외 근무가 확정된 김깔롱 씨가 출국하게 되었고 그때부터 우리의 연애는 정말 라디오적으로 변모했다. 전화 데이트가 시작된 것. 영상통화 세대가 아닌 우리는 그저 음성통화로만 매일 꾸준히 한 시간 이상씩 이야기를 하면서 연애를 이어갔다. 매일 통화하고 1년에 서너 번 만나는 몇 해를 보내면서도 다행히 서로 마음은 변하지 않고 깊어져서 혼인도 했다. 전통혼례를 해서 그런지 결혼은 와닿지 않고 혼례나 혼인이라고 자꾸 구식으로 말하게 되는데, 아무튼 그렇다.

라디오 작가로 일하며 라디오 관계자와 연애한 바는 없으나 오디오적이고 라디오적인 연애는 했고, 결혼생활마저 아직은 라디오적으로 하고 있다.

결혼 4년 차. 나는 한국에서, 김깔롱 씨는 인도에서 따로 살며 우리는 여전히 1년에 열흘씩 서너 번 그러니까 30-40일쯤 함께 지내고, 나머지 320일쯤은 전화로만 데이트한다. 전화 데이트를 한 지만 7년이 넘었지만 여전히 서로에게 매일 할 말이 많아서 참 즐겁고 다행이라고 생각하면서. 이렇게 라디오적인 부부생활이라니. 라디오 로맨스가 따로 있나, 이런 우리가 하는 게 라디오 로맨스지.

누군가를 사랑하는 일은 DJ가 바뀌지 않는 라디오 프로그램의 한결같은 애청자로 사는 것과 비슷하지 않을까. DJ는 DJ대로 기분에 따라 말을 적게 하는 대신 음악을 많이 내보내는 날도 있고, 어쩔 수 없이 멘트에 한숨을 섞는 날도 있을 것이다. 애청자는 애청자대로 마음이 바쁜 날에는 방송 내용에 집중하지 못하고, DJ의 말을 멍하니 흘려보내기도 하겠지. 그럼에도 한 사람은 매일 시간에 맞춰 방송을 시작하고, 다른 한 사람은 라디오를 켤 것이다. 서로에 대한 예의와 신뢰와 사랑으로 늘 지금과 같은 관계를 이어가는 일. 서로를 DJ이자 애청자라 여기고 성실히 상대의 말에 귀 기울이며 관심을 유지하려고 노력하는 일. 이것이 나의, 그리고 우리의 라디오적 로맨스다.

라디오 작가가 라디오를 끌 때

날이 아주 좋았던 9월의 아침, 방송국 동료의 아이 돌잔치에 가려고 채비하던 참이었다. 서울 강서구에서 돌잔치 장소인 안양의 한 뷔페식당까지 대중교통으로는 두세 번 이상 갈아타야 하는 데다 너무 오래 걸려서 택시를 탈까 고민하고 있을 때 박 작가에게서 전화가 왔다. 자기 차로 데리러 갈 테니, 돌잔치에 함께 초대받은 한동네에 사는 몇몇도 우리 집에 모여 같이 출발하자는 얘기.

"격무에 시달리시는 분께서 멀리까지 손수 운전을 다 해주시고, 황공하기가 이를 데 없습니다."

때맞춰 도착한 빨간 마티즈에 올라타면서 나는 운전자에게 고개를 조아리며 너스레를 떨었다.

입에 발린 말 못 하는 김 작가는 단도직입. 차에 올라타자마자 용건을 고했다.

"라디오 좀 켜봐 봐. 지금 그거 할 때야, 〈오징어〉(라디오 프로그램 제목). 나 그거 모니터해야 돼."

차에는 운전자인 박 작가를 포함해 김 작가와 남 작가 그리고 나, 4인의 방송작가가 타고 있었다. 우리는 방송아카데미 구성작가반 동기였다. 나고 자란 고향도 다르고, 대학을 간 사연과 전공도 다르고, 작가를 하기 전에 했던 일부터 성격까지 살아온 모양은 제각각이었지만 같은 때에 방송국 일을 시작한 또래 집단이었던 우리는 비슷한 경험에 울고 웃는 인생의 한때를 함께 보내며 급속히 친해졌다. 마침 9월이어서 방송국 가을 개편 이야기로 대화의 물꼬를 텄다.

"그래서 니네 DJ는 계속 가니? PD도?"

라디오 작가는 둘 중 하나다. 어디에 있든 무언가를 '들어야 하는 사람'이거나 일하지 않을 땐 '아무것도 듣지 않는 사람'. 우리 모두는 '들어야 하는 사람'이었다. 연주회에 간 것처럼 라디오에서 나오는 소리를 귀 기울여서 감상하는 건 아니지만 '(라디오를) 켜두어야 안심하는 사람'인 것은 분명했다. 직업병이라 해야 할까? 병이라 할 정도는 아니니 직업적 강박 정도가 맞겠다. 차에 타면 일단 라디오를 켜고, 채널을 맞췄다. 누군가의 집에서도 마찬가지. 라디오부터 켰다. 이날도 우리는 차량용 라디오의 채널을 일단 한 프로그램에 맞춰두고 때때로 귀를 기울이면서 이야기를 이어갔다.

"아유. 저 코너, 품 많이 들겠다."

"그러게. 옛날얘기라 오래된 자료 찾아야지, 서로 주거니 받거니 대본 써야지, 쓰고 나면 허위 사실 없는지 전문가에게 감수 맡겨서 진위 확인해야지, 등장인물에 맞게 1인 다역 잘하는 성우 섭외

해야지. 일 많다, 일 많아."

"저런 연기, 개그맨들이 잘해. ○○○, ○○○, 이 사람들 잘하는데 요즘 하는 고정 프로 없더라?"

"저런 코너 쓰기 딱 좋은 책 나 알아. 『옛날옛적에 ○○○○』라고, 뫄뫄출판사 책 있어. 그거 자료로 쓰기 좋아."

"어머, 고급 꿀정보!"

방송작가들이 모이면 으레 대단한 토크쇼가 펼쳐진다. 우리만 해도 짧게는 몇 시간, 길게는 1박 2일이나 2박 3일 같이 보내보면 한순간도 말을 쉬는 법이 없다. 보고 듣는 게 많아서? 그것도 이유가 될 것이다. 언어로 먹고사는 사람 특유의 말재간이 있어서? 그렇게 볼 수도 있다. 서로 할 말이 너무 많아서? 사실 이 항목도 아주 유력하긴 한데(최소한 이날 모인 우리 넷은 매우 수다쟁이임) 그보다는 라디오 작가의 두 번째 직업적 강박 '고요 불안증'의 영향 때문이다.

라디오 방송에서는 3초 이상 아무런 소리도 송출되지 않으면 '방송사고'라고 정의한다. 이제는 방송국마다 묵음이 2초가 지나면 비상벨이 울리고 관계자 사이에 비상알림이 전달되어 방송사고로 이어지지 않도록 비상용 음악이 자동 재생되는 내부

시스템이 있을 정도다. 이러한 시스템이 생기기 이전에는 묵음 방송사고가 꽤 일어났던 모양이다. 방송작가로 일을 시작하고 얼마 되지 않아 미연에 방지하지 못한 정적 방송사고의 다양한 사례와 후기(윗분들의 노발대발, 청취자의 전화와 게시판 항의 러시, PD의 시말서 작성 등)를 잔뜩 들어서인지, 선배들이 하도 겁을 줘서인지 언젠가부터 내 귀에는 시계 초침 소리가 들리고는 했다(내 귀에 도청장치도 아니고 내 귀에 캔디도 아니고 내 귀에 초침 소리라니). 왜 그럴 때 있지 않은가. 마음에서 나는 소리인지, 머리에 박힌 소리인지, 귀에 진짜 들리는 소리인지 모르겠는 소리가 아주 크게 들리는 때가. 방송사고를 부르는 마의 3초. 똑딱똑딱 땡. 이 소리가 시간, 장소와 상관없이 주변이 고요해지면 계속 들렸다. 셋을 세려고 세는 게 아니고, 그 똑딱거림을 들으려고 듣는 게 아니지만 그 시계는 침묵에 맞춰 작동됐다. 고요가 2초 이상 지속되면 '방송사고군' 자동으로 판단한 뒤 이 사고를 막기 위해 빨리 뭐라도 해야 할 것 같았고 숨이 훅 멎는 기분이 들었다. 침묵이 2초간 이어지면 누군가 말을 준비하는 '음…' 소리라도 들려야 안심이 됐다. 그리고 정적이 이어지는 동안 나도 모르게 참고 있던 숨을 그제야 내쉬었다. "후아~ (방송)사고 나는 줄 알았네." 작가들은 고요를 참지 못한다. 엄밀히 말하면 2초 이상의 고요를. 이런 사람들이 모여서 이야기를 하니 말이 쉼없이 이어진다. 때로 숨은 쉬어가면서들 말하는 거냐고 주변에 있는 분들이 물을 정도로.

　　방송작가들의 직업적 강박 3번도 있다. 동시에 여러 사람이 이야기하는 걸 못 견딘다. 방송계 은어로 '오디오 물린다'라고 하는데, 하나의 소리가 다른 소리와 겹치는 상황을 말한다. 라디오든 TV든 말이 겹치지 않아야 시청자와 청취자가 알아듣기도 좋고, 필요한 경우 방송국 관계자가 오디오 편집하기도 편하므로 대체로 누군가 이야기를 하면 다른 사람은 그 사람 말이 끝나기를 기다렸다가 말을 시작한다. 물론 서로의 말 사이에 3초가 넘는 묵음은 생기지 않도록 조심하면서.

　　돌잔치에 가는 길, 그 시간대의 라디오 방송 프로그램을 찾아 켜두고(무엇이든 들어야 하는 방송작가의 강박1), 3초 이상의 정적 없이(방송사고에 대한 방송작가의 강박2), 서로의 말소리가 겹치지 않게(방송작가의 강박3) 작가 4인의 토크쇼가 시작되었다. 가요 프로그램 작가와 클래식 프로그램 작가, 시사 프로그램 작가 등이 모여 앉으니 대화의 주제도 버라이어티했다. 요즘 신청곡 중 어떤 가수의 노래가 제일 많은지, 팬들의 조공 도시락은 어떻게 진화했는지, 클래식계에는 어떤 화두가 있는지, 매너 좋은 정치인은 누구이고 오랜만에 다시 들으니 좋은 노래는 무언지, 개그맨이나 의사나 작가 중 코너 출연자로 괜찮은 사람은 누구인지, 주가 상승 중이거나 퇴출 일보 직전인 DJ는 누구이며 무엇 때문인지, 어느 프로그램에 새로 생긴 기발한 코너는 무언지, 유명하거나 그냥 이름만 아는 사람부터 PD에 작가들 근황까지 줄줄이 이어 말하고, 방송 3사의 가을 개편 상황에 관해서 건너 건너 들은 이야기까지 다 공유를 한 후에야 '작가 4인, 이제는 말할 수 있다, 가을 개편에 면하여' 토크쇼 1부는 대단원의 막을 내렸다.

그사이 누군가는 부지런히 채널을 MBC에서 KBS로, SBS를 거쳐 TBS와 CBS, EBS까지 맞추며, 지금 시간대의 라디오 방송을 알차게 맛보기 하도록 도왔다.

돌잔치는 여느 집의 가족 행사와 비슷했다. 다만 돌잔치를 자신이 하는 생방송과 동일시하고 만 돌배기 아이의 엄마(이 사람도 방송작가)가 행사의 원활한 진행을 위해 한복을 입고도 치맛자락을 걷

어쥐고 연신 뛰어다니는 모습을 지켜보던 우리는 "쟤 여기서도 생방송 작가 (노릇) 한다"라며 박장대소를 참지 못했지만. 그날 돌잔치의 하이라이트였던 행운권 추첨에서 마티즈 차주인 박 작가가 1등에 당첨되어 20만 원이 넘는 고가의 와인을 받으며 우리가 차 얻어 탄 것이 덜 미안한 상황이 된 것까지 두루 완벽했다.

행사 주최자에게 한껏 축하의 말을 건넨 뒤 우리는 빨간 마티즈에 실려 집으로 출발했다. 다시 라디오를 켬과 동시에 2부 토크쇼가 시작되었는데, 어쩐 일인지 방송사고 직전으로 오디오가 간신히 이어지고 이어지다가 급기야 간간이 비기 시작했다.

호흡이 잘 맞는 사람과 고무줄놀이나 단체 줄넘기를 해본 이는 손발이 안 맞는 순간을 이내 감지한다. 그때가 그랬다. 손발이 짝짝 맞다가 누군가 자꾸 손바닥을 비껴 치기 시작했다. 범인(?)은 김 작가였다. 묻는 말에 몇 번이나 대답도 놓치고, 휴대전화만 계속 들여다보고 있길래 무슨 일 있는지 물어야겠다고 생각할 즈음 별명이 '단도직입'인 사람답게 김 작가가 먼저 입을 뗐다.

"미안한데, 집으로 가기 전에 어디 한 군데 들르면 안 될까?"

뭔가 흥미진진하고 재미난 놀이 하러 가자는 뉘앙스는 아니었고, 이제 헤어질 일만 남은 상황에 너무 뜬금없는 제안이어서 무언가 심상하지 않은 일이란 걸 눈치챌 수 있었다.

"사실 내 친구 A가 ○○에 사는데, 동거남이 얘를 때린 적이 몇 번 있었어. 어제도 다퉜는지 문자 와서 이번엔 진짜 헤어져야겠다 그러더니 '봐봐야, 나 좀 도와줘' 이 메시지만 남기고 이후로 연락이 안 돼."

아, 어디 좀 들르자는 제안에 내가 지레짐작한 몇 개의 케이스보다 훨씬 나쁜 상황이었다. 모두가 군소리 없이 A의 집에 들렀다가 가는 데 동의했다. 마침 근처여서 10여 분쯤 후, 우리는 김 작가 친구 A의 집에 도착했다. A와는 계속 통화가 되지 않았다. 집에 있는지 확인하기 위해 일단 벨을 눌러보기로 했다. 우리가 다 같이 몰려가면 문 열고 나온 A가 많이 당황할 수 있으니 일단 김 작가와 남 작가만 올라가기로 했다. 박 작가와 나는 차에 남아 A의 아파트 동이 보이는 곳에 주차하고 혹시 모를 일을 대비해 집을 주시하고 있었다. 그런데 A의 집에 갔던 두 사람이 얼마 지나지 않아 돌아왔다. 벨을 누르면 대꾸는 없는데, 방문자가 돌아간 것처럼 사람 발소리가 멀어지면 안에서 기척이 들린다고 했다(한 사람은 가는 척 발소리를 내고, 남은 한 사람은 문이나 벽에 귀를 대고 있었다니. 김 작가와 남 작가는 셜록과 왓슨인가? 뭐 이렇게 손발이…). 여하튼 집 안에서 인기척은 들리는데 벨을 눌러도 문을 열지 않는다는 말에 몸이 떨리기 시작했다. 이게 무슨 상황인 걸까. 들렀으니 됐다고 아무 일 없다는 듯이 각자 집으로 돌아갈 수도, 연락이 오기를 그 자리에서 마냥 기다릴 수도, 그냥 가만히 있을 수도 없었는데 혹 폭행 후 감금당한 상황일 수도 있고, 최악의 경우 이미 정말 나쁜 일이 일어났는데 범인이 뒤처리를 아직 하지 못해서 문을 안 여는 것일 수도 있다는 데까지 생각이 이르렀다(맙소사!). 그러자 미칠 것 같았다. 머릿속이 까매졌다가, 눈앞이 하얘졌다가, 무서워서 몸이 덜덜 떨렸다. 그때 마침 라디오에서는 가정폭력 상담 및 신고 전화를 알리는 공익광고가 나오고 있었고, 가장 담대한 남 작가가 말했다.

"신고하자!"

그보다 좋은 방법도, 다른 대안도 떠오르지 않아서 우리는 경찰에 신고를 했다. 가정폭력 신고 전담 전화번호 광고를 들었지만 네 사람 모두 머릿속에 112뿐인 게 당황스러웠다. 112 신고접수자는 인근 관할서 경찰의 연락이 갈 것이라 안내를 해주었고, 바로 대응을 위해 출동 중인 경찰관에게서 전화가 걸려왔다. 마침 근처를 순찰 중이라 곧 도착할 예정이라며, 상황을 묻고 확인했다. 자초지종 설명과 함께 우리는 가해자로 추정되는 남성이 혹 더 흥분하거나, 현장을 은폐할 수 있으니 사이렌을 켜지 말고 현장으로 와달라고 부탁했다(셜록과 왓슨, 그리고 허드슨 부인과 그의 친구들인가. 그 와중에 어떻게 이런 생각까지 다 했나 싶다). 신고하고 10분이 채 지나기 전 두 명의 경찰관이 우리의 부탁대로 사이렌 소리 없이 조용히 현장에 도착했다.

김 작가가 친구 A와 나눈 메시지와 도와달라는 마지막 문자를 경찰에게 보여주었다. 경찰은 메시지의 내용과 시간이 얼마나 흘렀는지 등을 체크한 뒤 신고자인 우리의 신원을 확인하고 피해자로 추정되는 A가 사는 곳 주소지로 향했다. 우리도 같이 가도 되느냐고 물으니 가능하다 하여 동행했다. 경찰이 가서 벨을 누르고 문을 두드렸지만 이번에도 아무 기척이 없고, 문은 열리지 않았다.

"A 씨 안에 계십니까? 무사하십니까? 가정폭력 의심 신고가 들어와서 확인하러 왔습니다. 문을 좀 열어주십시오." 경찰관이 소리쳤지만 문은 꼼짝

하지 않았다.

문을 강제로 열고 들어가서 확인해볼 수는 없냐는 우리의 말에 피해자가 직접 신고한 게 아니라면 경찰이라 해도 타인의 거주지에 함부로 들어갈 수는 없다고 했다. 본인이 직접 신고도 못 할 상황이란 것은 그만큼 긴박하거나 이미 나쁜 지경에 이르렀다는 의미일 수도 있지 않냐, 그런 거면 어쩌냐 항변했지만 어쩔 수가 없다는 말만 거듭 돌아왔다. 애가 탄 우리는 문 앞에서 어떻게 해야 할지 경찰과 한참 이야기를 하다가 더 할 수 있는 조치가 없어서 무력하고 안타까운 마음으로 계단을 내려왔다. 그때 건물 밖에서 무언가 부서지는 요란스러운 소리가 들렸다. 폭행 가해자로 추정되는 A의 동거인이 집 창문을 열고 선풍기를 밖으로 내던진 거였다. 그러고는 "씨ㅂㄹ!(욕지거리) 남의 가정사에 왜들 참견이야! 다 꺼져! 씨!(욕지거리)"이라며 욕설을 퍼부었다.

"A를 내보내주세요. 무사한지 확인시켜주세요. 얼굴을 보여주세요."

절규였을까, 악다구니였을까. 우리는 계단을 내려가다 말고 A의 동거인에게 들리기를 바라며 계단에 있는 창으로 달려가 소리 질렀다.

"보여주세요. 내보내주세요. 제발요, 제발요."

이런 말이 어떻게 악다구니가 될 수 있나, 이것은 제발 살려만 두어달라는, 아니 무사하게 두어달라는 애원이고 읍소였다.

선풍기를 토해낸 창문은 닫혔고, 남자의 모습은 사라졌다. 뒤이어 몇 번 더 우리는 "제발요!"라고 외쳤지만 A의 집은 다시 고요해졌다.

소란스러움에 밖을 내다봤다가 경찰차까지 발견하고는 무슨 일이 있는 게 분명하다고 여긴 동네 주민들이 아파트 1층과 주차장으로 나와서 웅성대기 시작했다. 경찰은 주민들을 대상으로 요 며칠 싸우는 소리 들은 거 있냐, 사람이 맞거나 물건 부서지는 소리 들은 적 있냐, 이 사람들 자주 다투냐 등 몇 가지 탐문조사를 하더니 사실상 지금 상태로는 더 이상 할 수 있는 게 없다고 우리에게 다가와 설명했다. 그러고는 인근에 다른 신고가 들어와서 그쪽 신고지로 넘어가야 한다고 했다. 추가 상황이 생기면 지체 말고 다시 112로 신고하라는 마지막 말을 남긴 채 우리가 잠시 의지했던 공권력은 멀어졌다.

다시 우리만 남았다. 이미 해가 져 사방이 어둑했다. 오전에 집을 나와 돌잔치에 잠시 들렀다가 이날 오후를 A의 아파트 앞에서 다 보낸 셈이었다.

여전히 아파트가 잘 보이는 주차장에 세운 차 안에서 우리 넷은 어떻게 하면 좋을지 상의했다. 그러는 중에도 김 작가는 친구 A에게 전화를 계속 걸었다. 다시 집으로 가서 남자를 말로 회유해볼까, 지구 끝까지 쫓아다니면서 가만두지 않겠다 몰아붙일까, 어느 게 더 현명한 방법인지 몰라 고민하고 있을 때 김 작가가 소리쳤다.

"카톡 왔다!"

내 얼굴 보여줄게. 계단으로 올라와. 3층에서 만나.

본인은 5층에서 계단으로 걸어 내려갈 터이니 1층에서 걸어 올라와 중간에서 만나자는 A의 메시지였다. "어후." 우리는 참았던 숨을 토해내듯 한숨을 내쉬었다. '다행이다! A는 살아 있었다.'

김 작가와 담대한 남 작가가 동행하기로 했다. 나와 박 작가는 차에 남았다. 김 작가와 남 작가 둘이 계단을 걸어 올라가는 모습을 눈으로 좇다가, 계단을 내려오는 A의 모습도 보았다. 계단은 어두웠지만 사람의 인기척에 계단참의 센서 등이 켜졌고, A는 멀리서 보기에도 꽤 많이 상해를 입은 모습이었다. 하루 이틀의 구타가 아니었는지 얼굴 대부분이 검은색 멍으로 뒤덮여 있었다.

3층 비상계단에 서서 A와 한참 이야기를 나눈 김 작가와 남 작가가 계단을 내려와 차 쪽으로 왔다. 그사이 A도 계단을 올라 집으로 돌아갔다.

김 작가는 우리에게 상황을 설명했다. A는 며칠간 심한 교제 폭력을 당하고 휴대전화도 빼앗긴 채 집에 갇힌 게 맞았다. 하지만 당장 나와서 자신의 집으로 가자는 김 작가의 제안은 거절했다고 한다. 동거인에게 받을 돈이 있고, 집을 벗어나면 그의 성격상 이리저리 피하기만 할 뿐 돈을 받을 방법도 사라질 것이라 했단다. 김 작가의 말이 끝나자 모두 침묵했다. 나도 그랬지만, 그 상황에 뭐라 말하기가 다들 곤란한 듯했다.

잠시 후 고요를 깬 건 김 작가였다.

"이제 가자. 출발해."

아무도 뭐라 말하지 않았다. 폭행으로 엉망이 된 얼굴을 모두가 보았고(얼굴이 그 상태인데 몸은 또 어떨 것인가), 그럼에도 그 집을 벗어날 수 없는 이유를 전해 들었다. 이해할 수 없었지만, 우리의 이해가 필요한 일이 아니었다. 그럴 수도 있겠다 싶기도 했지만, 다시 '아, 그래도…' 하는 마음이 들었다. 기분이 너무 착잡하고 참담했다. 내 일은 아니지만, 남의 일만도 아닌 일을 목도했기 때문이었다. 내 일이었다면 나는 피해자로 어떤 선택을 했을 것인가, 무엇을 원했을 것인가. 내 친구가 이런 일을 당했다면 나는 어떻게 도울 수 있을까, 무얼 할 수 있나.

차가 출발하자, 그제야 라디오가 계속 켜져 있었다는 걸 깨달았다. 저녁 6시가 넘은 시각, 라디오에서는 주말에 외출한 사람들에게 힘내서 집으로 돌아가라는 DJ의 활기찬 멘트에 이어 김건모의 〈잘못된 만남〉이 흘러나오고 있었다. 냉혈한에게도 춤꾼의 뜨거운 피를 수혈해줄 것 같은 신나고 흥겨운 노래의 도입부가 듣기 거북했는지 모두가 거의 동시에 말했다.

"그거 끄자."

직업적 강박이 다 무슨 소용일까. 한 사람의 생존이 위협받고 존엄이 훼손된 걸 마주하고 나니, 목격자였던 우리 역시 모든 게 일단 멈춘 기분이었다. 모래시계만 뱅글뱅글 도는 오류 난 컴퓨터 화면을 들여다보고 있는 기분, 그래 딱 그랬다. 도우려 했으나 원하지 않는다니 일단 물러났다. 그럼에도 허탈하고 허망하고 속상했다. 옳고 그름, 맞고 틀림, 누군가를 위한 선택, 도움, 옳은 길은 무엇일까 계속 생각했다. 고장 난 컴퓨터를 보고 있는 기분인 동시에 내 자신도 오류가 생긴 인터넷 창이 된 것 같았다. 명확히 새로 고쳐지지 않은 채.

처음이었다, 우리 네 사람이 침묵 속에 있었던 건. 방송작가 지망생으로 만난 이래 입이 한 번도 쉰 적 없던 방송작가 넷은 그렇게 고요히 집으로 돌아갔다. 내리면서 잘 가라는 인사 말고는 아무 말도 하지 않았다. 적막하기 짝이 없던 침묵. 하지만 그날 차 안의 정적은 오히려 사이렌 같았다. 우리 모두 머릿속과 마음속이 몹시 시끄러웠다.

그 뒤로 김 작가를 만날 때마다 조심스럽게 물어보았다, A는 어찌 지내냐고. 멀리서 검게 멍든 얼굴을 잠시 본 게 전부인 그 친구가 잘못되었을까 봐나는 한동안 마음이 계속 쓰였다. 다행히 몇 달 뒤 A는 채무 관계를 잘 정리한 뒤 남자와 헤어졌고, 그집에서 나와 고향으로 돌아갔다고 했다. 그리고 자기 사업을 하며 잘 산다고 했다. 정말 다행히도.

우리 넷은 여전히 만난다. 육아와 생업이 바빠서, 단순 은둔 등의 이유로 전보다 만나는 빈도는 줄었지만 만나도 말을 멈추거나 라디오를 켜지 않은 순간은 그날 이후로 없다. 우리는 어디서든 라디오를 켜고, 방송사고 없이 2초 이상 침묵이 이어지지 않도록 수다를 이어간다.

나이가 들어도 우리는 여전히 마음 혹하는 일이 많고, 내가 더 많이 이야기하고 싶어 하고, 내 얘기를 하느라 상대의 말을 놓쳐서 되묻는 일도 잦다. 가정, 직장, 속한 그룹의 수가 늘어도 내가 세상에서 제일 외로운 사람인 것 같은 고독감 때문에, 주변에 이만큼 말이 잘 통하는 사람이 없다는 이유로 이렇게라도 자기 이야기를 쏟아내고 싶은 걸까. 전보다 만나는 횟수가 줄어드니 밀린 이야기가 많아져서 더 그런 것 같기도 하다. 이제 우리는 방송작가의 강박이고 뭐고 서로 먼저 이야기하려다가 오디오가 물릴 때도 많다. 침묵으로 인한 방송사고 같은 건 있을 리 만무하고 이야기를 먼저, 많이 하려다가 가장 최근 네 사람이 다 모였을 땐 카페에서 누군가 "내 말부터 들엇!" 하고 소리 지르는 사태에까지 이르렀다.

언젠가부터 나는 라디오 작가로 일하지 않을 때는(작가 비시즌) 아무것도 듣지 않는다. 사춘기 시절부터 줄곧 뭘 듣고 있는 사람 몸뚱이에 붙어서 쉬지 못한 나의 두 귀에게 미안하기도 하고, 혼자일 땐 침묵이 편하기도 해서. 그래도 세상에서 제일 말 많이 하고 싶은 그룹인 작가 4인방이 아닌 다른 누구와 함께 있을 땐 여전히 2초 이상의 침묵은 괴롭다. 그래서 숨도 쉬지 않는 사람처럼 쉼표도 없는 말로 먼저 토크쇼를 이어가거나, 주변기기를 이용해 라디오를 켠다. 라디오 작가로서의 강박은 나나 타인의 생존과 직결된 아주 특수한 경우에는 뒤에 두지만, 결국 어쩌면 평생 버릴 수 없다는 걸 깨달으며.

일터로서의 라디오

나 잘렸다? 20년 넘게 방송국에서 일하면서 온 갖 풍파 다 겪었지만 처음 잘려봄.

메시지를 늘 한참 늦게 확인하고 답장해서 메신저 대화명을 '핀란드 사람'(일곱 시간 뒤쯤 카톡 답장이나 전화 답을 하는데, 한국과 핀란드 사이의 시차가 일곱 시간이라 내가 붙인 별명)으로 저장해둔 친구에게 톡을 보내자 어쩐 일로 득달같이 전화를 해왔다.

"잘렸어? 대박. 근데 처음이라고? 야, 그게 더 대박이다. 내 주변에 20년 넘게 일했어도 한 번도 안 잘리고 쭉 일한 애는 너밖에 없어. 봐봐. A도 일 시작하고 2년도 안 돼 세 번 연달아 잘렸지, B는 길게씩 일하긴 했지만 이상한 PD들 만나서 서너 번 팽당했지. 나도 5년 차에 메인작가 되기까지 두 번, 그 이후로도. 아니 다들 자료조사(요즘은 '리서처'라고 부름) 때부터 서브작가, 메인작가까지 날이면 날마다, 개편이면 개편 때마다 풍전등화 같은 마음으로 언제 내 자리가 꺼지려나 날아가려나 노심초사들 했는데. 일한 지 20년이 넘었는데 이번에 처음 잘렸다고? 대박이다, 진짜."

'웃프다'라는 말을 딱 이럴 때 쓰지 싶다. 20년 넘게 방송국에서 일한 사람이 잘렸는데 해고당한

게 처음이니 대박이라고? 대박이 이런 경우에 쓰는 말인가. 어이없어서 헛헛한 웃음은 나오는데, 웃을수록 울고 싶은 기분이 되는 그런 때가 있다.

그렇다. 방송작가는 몇 년 전 문화체육관광부에 의해 방송작가 집필 표준계약서 작성이 제정·도입되기 전까지 순도 100퍼센트의 프리랜서(스스로 그만두거나 타의에 의해 부당해고돼도 군말 없이 서로 안녕을 고하는 관계의 비정규직)였다. 낮까지 동료로 일했지만 퇴근할 때 내일부터는 나오지 말라고 해도 이유조차 물어보지 못하고 그만두어야 했다(물론 이유를 물어본 사람도 있을 테고 이유를 듣고 해고된 사람도 있겠지만, 이유를 들었거나 못 들었거나 크게 다르지 않을 것이다).

작가가 교체되는 이유는 다양했다. "그냥…" (이라고만 말하는 사람도 있었다. 돌연 해고하면서 '그냥'이라니 너무 어이없지 않은가!), "PD가 바뀌어서…"(PD가 새로 배정받은 프로그램에 전부터 같이 일해온 작가를 데리고 부임하는 경우가 있다. 그러면 보통 해당 프로그램의 기존 작가를 해고한다), "DJ가 바뀌니까", "분위기 전환으로…" 등등을 이유 같지 않은 이유로 들 수 있겠다. 그럴 때면 '아, 그렇습니까? 그런데 PD가 바뀌는데 뭐요? DJ가 바뀌는데 그게 왜요? 분위기 전환이라니 그게 작가인 나랑 무슨 상관입니까? PD랑 DJ는 똑같은데 작가만 바뀌면 분위기가 달라져요? 그렇게 작가의 영향력이 대단했나요? 그렇게 영향력이 있다면 해고하면 더욱 안 되는 거 아니에요?'라고 되묻고 싶었지만 그 뒤 무겁고 냉랭해질 분위기를 감당하기 싫어서 어느 순간부터 주변 작가들은 굳이 자신이 잘리는 이유를 묻지도 않았다고 했다. 어차피 물어본들 프로그램이나 방송국에 피해를 줄 만큼 치명적인 잘못을 하지 않은 경우가 대부분이고(치명적인 잘못이 있었다면 주변에 그 잘못이 알려지거나 공론화되지 않고 해고될 수도 없고), 납득이 불가한 이유나 듣게 될 텐데 그 이유가, 그 이유를 듣는 행위가 뭐 그리 의미 있고 중요할까. 그런데 이런 과정은 왜 늘 상의나 협의가 아니고 통고인 걸까.

나와 같이 일했던 사람은 오랜만에 밥을 먹자더니, 식사 후에는 할 말이 있다면서 언제까지의 원고만 주면 되고 그 이후는 새 작가와 일할 생각이라고 말했다. "네 잘못은 없어. 네 원고는 완벽했고 나는 늘 만족했어. 그냥 앞으로 더 적합한 사람이랑 일하는 게 좋겠다고 생각했고 아직 새로 일할 사람이 구해진 건 아니야"라고 덧붙인 게 다였다. 잘못이 없는데 더 이상 나와 일하지 않을 것이며 더 적합한 사람이 있다는 말이 무슨 뜻인지 이해할 수가 없어서 당황스러웠다. 그 말꼬리를 잡고 질문을 시작하자니 이야기가 길어질 것 같았고 상대는 40-50분 뒤면 곧 생방송을 시작해야 하는 사람이었다(그 와중에 남 생각까지 하는 내 오지랖이라니). 일단 무슨 말인지는 알겠다고 한 뒤 이날의 대화는 여기까지 해야겠다 생각하고 일어서는데 그 사람이 복숭아가 든 종이가방을 건넸다. 해마다 여름이면 직접 농사지은 복숭아를 보내주시는 애청자분이 계시는데 그분의 복숭아가 마침 택배로 도착했다고 했다. 새 작가를 구하겠다는 말을 들은 이후로 경황이 없어서 종이가방을 받아 들고 어떻게 헤어졌는지 잘 기억나지 않는다. 밥 먹으러 갈 때 내리기 시작한 비는 나와 보니 제법 세차게 내리고 있었다. 버스정류장 쪽으로 가기 위해 광장을 지날 때 종이가방이 갑자기 가벼워지는 듯하더니 무언가 바닥으로 굴러떨어졌다. 복숭아였다. 수확한 과실 가운데 알이 크고 실한 복숭아를 청취자는 골라 보냈을 테고, 다섯 알의 큼직한 복숭아는 굵어진 비에 조금씩 귀퉁이가 젖고 있던 종이가방이 감당하기에 너무 무거운 존재였는지 그렇게 바닥으로 쏟아져 내렸다. 앞이 보이지 않게 세찬 비가 내리는 광장에서 데굴데굴 굴러가는 복숭아를 쫓아 이리 뛰고 저리 뛰며 한 알씩 주워 급한 대로 윗도리 앞자락에 담다가 종이가방이 찢어져버렸으니 이제 이 복숭아를 어떻게 들고 가야 하나 하는 생각이 들자 순간 다리 힘이 풀려 그 자리에 쭈그려 앉았다. 울고 싶었다. 찢어진 가방, 비 쏟아지는 길 위에 떨어진 복숭아, 복숭아를 앞섶에 안아 드느라 젖어버린 옷. 빗속에 엉망이 된 그 모든 상황이 나 같았다. 금세라도 툭 하고 끊어질 것 같은 아주 가느다란 선 하나를 간신히 쥐어 잡았다. 무엇에인지 모르겠지만 지지 않겠다는 마음으로 어금니를 악물고 고인 눈물을 밀어 넣었다. 턱이 뻐근했다. 복숭아를 안아 들고 처마가 있는 버스정류장 벤치에 우선 앉았다. 그제야 가지고 다니던 손수건 생각이 번뜩 나서 몇 알은 손수건으로 물기를 닦아 일단 가방에 넣고 몇 알은 손수건을 보자기 삼아 도시락처럼 묶어 들었다. 그렇게 다음 버스를 기다리고 있자니, 일한다고 밤새워서 혓바닥부터 온몸이 다 따끔따끔하다고 할 때마다 엄마가 했던 말이 떠올랐다. "하고많은 일 중에 밤잠도 못 자고 대우도 못 받고 출퇴근도 따로 없는 프리랜서는 왜 한다고 나서서는…."

방송아카데미를 다니면서, 그리고 일을 시작한 지 얼마 되지 않았을 때부터 방송작가로 일하는 과정에 많은 불공정과 부당함이 있다는 걸 짐작했고 직면하기도 했다. 팀원이나 동료로 동등한 관계가 아니라 상하로 수직적이거나 갑과 을의 관계인 연출자(PD)의 언행을 여러 번 느꼈고 순박하게도 "작가와 PD는 동등한 동료 관계가 아닌가요?" 묻기도 했다. 프로그램에 무슨 일이 생기면 결국 책임지는 사람은 방송국 직원인 PD니까 주요 의사결정자는 본인이어야 한다는 말에 납득하긴 했으나, 지나고 보니 작가라고 책임지지 않는 것도 아니었다. 게다가 '이달의 프로그램상' 수상 같은 좋은 일이 생길 때면 치사하게 상은 꼭 하나만 줘서 PD가 본인의 집이나 회사로 가져갔다. 상금의 경우에는 팀 회식을 하거나 회식 없이 팀원 모두에게 고르게 N분의 1 하는 양심파도 있었지만 회식이고 뭐고 입 싹 닦고 사무실의 팀비로 귀속시키는 예도 있었다. 상금이 얼마이고 어떻게 처리했는지 명확히 밝히지 않는 사람도 있어서 크게 마음이 상한 적도 있고.

진작에 박차고 나가고도 남을 일자리인데 마치 물그림자처럼 허상 같기만 한 이 직업을 왜 20년 넘게 해왔나 나조차도 의아하다. 하지만 그 이유를 안다. 모를 수가 없다. 나는 이 일을 사랑했다. 일을 시작하고 얼마 되지 않았을 때의 나를 두고 한 선배는 "일을 너무 재미있어 하는 사람 특유의 반짝반짝한 눈빛으로 다니면서, 이렇게 즐거운 일을 하는데 돈도 주다니 완전 너무 신나 그런 에너지를 막 뿜었지"라고 했다. 정말 그랬다. 방송 일을 시작했을 때는 자라며 보고 들어온 바로 그 방송의 현장에 내가 있다는 사실이 신기하기만 했고, 시간이 조금 지나 코너 원고를 쓰던 시기에는 사수의 원고 타박이 스트레스이긴 했으나 내가 쓴 글이 방송 전파를 타는 것이 놀라웠다. "누군가의 한숨처럼 쓸쓸한 바람이 불었던 하루였어요"라고 원고를 쓰면 그 원고가 DJ나 MC의 말이 되어 사람들에게 전해지는 게 감동적이었다. 누군가를 초대하는 일을 좋아하는 성격이라 프로그램의 초대손님을 맞이하는 일은 즐거웠으며, 어떤 언어를 골라 같이 나눌까 글감이나 주제를 찾는 일도 흥미로웠다. 나는 방송작가로, 라디오 작가로의 내 일을 정말 사랑했다. 그리고 내가 했던 프로그램도 함께. 프로그램이 막을 내리면 그저 회사에서 진행하던 프로젝트 하나가 마침표를 찍는 일이라 생각하는 사람도 있을 것이다. 하지만 사랑을 처음 시작하는 사람처럼 프로그램마다 전력을 다해 애정과 에너지를 쏟아부었던 나는 제대로 인정받지 못한 채 프로그램이 종방할 때면 연인과 나쁘게 이별할 때와 비슷한 상처를 받았다. 연애가 그렇듯 그중엔 정말 사랑할 만한 대상도 있었지만 그 정도까지 내가 열정을 쏟을 만한 대상이 아니었는데도 내 선택에 책임지기 위해서 시간과 정성을 퍼부었다.

　　작가 역사상 첫 해고를 통고받은 프로그램은 청취자로 먼저 사랑한 프로그램이었다. 나는 어느 해 격월로 잡지 원고만 쓰며 연봉 180만 원으로 살기도 했다. 일이 그 정도로 없을 줄 알았다면 아르바이트라도 찾아서 했을 텐데 기획하고 회의하던 프로젝트가 몇 건 있던 터라 그해의 내 벌이가 그렇게 엉망인 줄 나중에야 파악했다. 프리랜서 일이 그렇듯 어떤 때는 당일 아침에 전화해서 오후에 나와달라기도 하고, 회의도 불쑥불쑥 아무 때나 잡히고 그날 회의한 내용을 다음 날까지 정리해서 기획안으로 달라 하기도 했다. 오후 내내 회의하고 집으로 돌아와 문서로 정리하자면 꼬박 밤을 새는 수밖에 없었다. 그래 놓고 기획이 엎어졌다고 이후에 연락이 없으면 이 일의 수입은 0원이 된다. 일을 안 한 건 아닌데 수입이 0인 날이 지속되었다. 내가 무얼 잘못해서 그렇게 된 건지 잘 모르겠다. 일이 밀려오는 어떤 날이 그저 운이 좋은 한때이듯 일이 없는 어떤 날도 그저 운이 나쁜 시기가 아니었을까 지금은 생각하지만.

몇 년 뒤 심리상담을 받았다. 상담사 선생님은 우울증이 심했던 때를 다행히 잘 지나왔고, 지금은 긴 터널의 끝을 지나는 중인 것 같다고 했다. 짐작일 뿐이지만 연봉 180만 원에 도모했던 일이 다 어그러지기만 했던 그때 나는 심한 우울증을 앓고 있었을 것이다. 저녁에 친구들을 만나 시간을 보내고 집에 돌아와서는 불면증에 한숨도 못 잔 채로 아침을 맞았고, 아침이나 낮에 한두 시간 졸고는 다시 저녁부터인 날들을 보냈다. 술에도 꽤 의지했었고.

그러다 술만 마시면 기억이 사라지는 며칠을 연이어 겪은 뒤 '지금처럼은 안 된다'는 생각이 들었다. 규칙적으로 생활을 꾸려나가지 않으면 계속 다를 바 없이 살게 될 것 같았다. 아무리 늦어도 세상이 아침이라 부르는 시간에 일어나서 라디오를 켜고 책상 앞에 앉아 정오까지 세 시간은 뭐라도 쓰고, 내 작업을 하기로 나와 약속했다. 이때 가장 즐겨 들었던 라디오가 바로 그 오전 11시의 프로그램이었다. 이전의 습관은 개선이 됐지만 결국 연봉

180만 원으로 더는 방송 일을 하며 서울에 살기 어렵겠다는 판단을 내리고 서울 생활을 다 정리해 고향으로 내려갔는데 한 달도 되지 않아 바로 그 11시의 라디오 프로그램 작가 자리를 제안받은 것이다. 그렇게 다시 일하게 되면서 서울로 재상경한 터라 내게 그 프로그램의 의미는 참으로 컸다. 두 번째 삶을 시작할 수 있게 해주었으니까.

일은 일일 뿐이라고 사람들은 말한다. 나도 그 말의 의미를 안다. 그렇게 생각했던 일도 내게 있었고. 하지만 일로만 한정 지어 생각할 수 없는 일도 있다. 나에겐 그게 그 11시 라디오 프로그램이었다. 좋아하던 프로그램에서 좋아해온 사람이랑 일을 할 수 있어서 기뻤고, 그 마음은 일하는 내내 변하지 않았다. 그러다 해고를 당했기 때문에 그때의 마음은 연인 사이에 한참 사랑하는 시간이 이어지던 중 갑작스러운 결별 통보를 받은 상황과 비슷했다.

이 일이 있고는 한참 동안 라디오를 듣지 못했다. 들을 수 없었다. 길을 걷다가 어느 가게에서 틀어둔 라디오 소리만 들려도 심장이 빠르게 뛰었고 눈물이 났다. '라디오 트라우마'. 친구들은 내 증상을 두고 그렇게 말했다. 어쩌냐고, 너 '라디오 트라우마'가 생긴 것 같다고. 트라우마가 있다는 건 마음에 해결되지 못한 슬픔이 있다는 뜻이다. 받지 못한 사과가 있다는 뜻이다. 그토록 사랑해온 라디오에 트라우마가 생겨버린 그때 나는 매일 고요 속에서 그저 가만한 하루를 보냈다.

그 무렵 나는 갑자기 내가 뭐 하는 사람인지 알 수 없었다. 라디오 작가는 직업이 아니었나? 직업이 아니라면 20년 넘게 나는 어디에서 무얼 위해 누구와 어떤 일을 했던 거지? 매일 아침 눈뜨면 나의 쓸모에 대해 생각했다. 돈벌이나 일을 하고 있지 않은 인간의 효용이란 무엇인가. 그런 존재가 세상에 존재하는 의미는 무엇일까. 의미가 있기는 한가? 그러다 '방송작가가 아닌 나는 인간으로 무쓸모한가?' 하는 질문을 내게 했고 '아니! 나는 그냥 인간 이애월인 것만으로 세상에 존재할 이유가 이미 충분한데!' 화를 내다가 깨달았다. 그 말이 진실이자 정답이라는 걸. 일하지 않는 나는 노동자는 아니지만 노동하지 않는 나도 인간 그 자체로 존재의 가치와 의미는 있다. 노동하지 않기 때문에 무쓸모한 건 아니다. 게다가 나는 매일 일어나 나의 반려견과 나의 안녕을 위해 많은 일을 하고 세상에 무해하기 위해서 노력한다. 그 노력과 시간은 무의미한 것이 아니다.

방송에, 라디오에, 라디오 프로그램을 만드는 사람에게 받은 상처가 커서 하마터면 여전히 라디오에서 일하고 싶어 하고, 라디오를 좋아하는 나를 사랑하지 않을 뻔했다. 그러다 '라디오에서 일하는 게 좋으면 누군가 일을 청하길 기다리지 말고 내가 나를 직접 고용하면 되지.' 울다가 화내기를 반복하던 어느 날 '그럼 내가 직접 라디오 하는 사람이 되자'라는 생각이 들었다. 그렇게 '애월라디오—하하소'라는 팟캐스트를 만들었고, DJ이자 PD이자 엔지니어이자 작가로 일하기 시작했다. 그리고 하하하, 나는 정말 몰랐다. 내가 말을 시작하기 전에 숨을 그렇게 후웁 하고 크게 들이쉬는지, 입을 벌리는 소리가 있는지, 말하기 전 위아래 입술이 떨어지는 소리를 크게 쩝 하고 내는지도. 그 소리가 거슬려서 태어나 거의 처음 해보는 오디오 편집을 세밀하게 하느라 마우스 클릭을 엄청 해댄 끝에 오른팔에 라켓 한 번 잡아본 적 없이 테니스 엘보가 오고, 골프채 한 번 들어본 적 없는데 골프 엘보가 오고 말았다. 라디오를 직접 만드는 일은 재미있고 보람되었지만, 혼자 1인 4역을 하려니 주 1회 방송을 준비하는데도 늘 시간이 빠듯했고 고됐다.

작년 봄, 〈애월라디오—하하소〉를 녹음하고 돌아오는 길에 너무 배가 고파 들른 식당에서 정말 오랜만에 라디오를 들었다. 라디오 소리가 들리면 심장이 빨리 뛰어 도망가듯 나가곤 했다. 하지만 이날은 오후 4시가 되도록 아무것도 못 먹은 터라 뛰쳐나갈 기력조차 없어 할 수 없이 그냥 앉아 만둣국을 주문했다. 라디오에서는 오후 4시 윤도현 DJ 프로그램이 나오고 있었다.

　　"벚꽃축제라고 PD가 중계차 신청을 미리 해줘서 나오긴 했는데, 지금 저희 석촌호수거든요? 꽃도 없고(개화 전), 사람도 없고(평일 오후), 방청객도 없고(역시 평일), 오늘따라 도착한 사연도 없어요. 날씨도 추워요! 아, 춥다! 일단 노래 듣죠, 뭐."

　　막 나온 만둣국을 앞에 두고 깔깔 웃었다. 식당 주방에서 일하는 분들과 같이. 하지만 사연도, 청취자도, 방청객도, 지나가는 사람도 없다는 얘기에 등골이 서늘했다. 그 프로그램 작가도 아닌데 방송작가 특유의 조바심이 발동하기 시작했다. 해서 사연을 보냈는데 소개가 되었다. 선물도 당첨되었다. 그다음 날도, 그그 다음날도 혹 오늘도 청취자도 사연도 없을까 봐 걱정이 되어 윤도현의 프로그램을 듣다 보니 어느새 나는 라디오를 듣는 사람으로 돌아와 있었다.

다시 라디오를 듣는다. 아침이면 CBS 음악 FM의 〈김정원의 아름다운 당신에게〉를, 오후에는 KBS 클래식FM 정만섭의 〈명연주 명음반〉이나 EBS 라디오 〈이승열의 세계 음악 기행〉을, 그리고 MBC FM4U 〈4시엔 윤도현입니다〉와 〈배철수의 음악캠프〉를. 그리고 가끔 유튜브로 〈정은임의 영화음악〉 지난 방송을 듣는다.

지금도 변함없이 작가는 과실이나 정당한 사유 없이도 의사결정권이 있는 PD나 방송사에게 통고를 받아 해고된다. 달라진 건 표준근로계약서 내용에 의거하여 최소 한 달 전에는 '다음 달까지만 일하십시오' 하고 해고 예고를 받게 된 점, 그리고 드디어 방송국에서 일한 지 20여 년 만에 방송작가도 실업급여를 받게 된 점 정도다. 물론 표준계약서를 작성한 작가에 한해서. 아직도 '방송작가 집필 표준계약서' 체결 비율은 26.8퍼센트에 불과하고, 표준계약서와 다른 자체 용역 계약서 작성 비율을 합한다고 해도 53.1퍼센트만이 계약을 하고 일한다는 한 신문 기사는 여전히 형편없는 현실을 말하고 있지만.*

이 글을 퇴고하던 중 한 방송사 앞 서점에 잠

시 갈 일이 있었다. 서점 근처 마을버스 정류장에 내리는데 내 눈에 딱 봐도 방송작가인 두 사람이 무릎 위에 노트북을 올려놓고 정류장 의자에 앉아서 문서를 열심히 수정하고 있었다. 줄표 위에는 지금 한창 방송 중인 프로그램 제목이 보였다. 알은체하지 않았지만 마음으로 등을 토닥여주고 지나쳤다.

월급 따박따박 들어오고 퇴직금 있는 일을 찾으라고, 가급적 빨리 이 바닥을 떠나라고 말하고 싶진 않지만 험한 일이 후배이자 동료인 그들에게 부디 찾아가지 않기를 기원하며 멀어졌다. 내 기도만으로 이미 불합리하고 안전하지도 않으면서 불법까지 허다한 방송노동시장이 바로잡아지진 않을 것이다. 그래도 나는 아직은 이 일을 사랑한다. 그래서 이 일에 종사하며 아프고 슬픈 사람이 더는 없기를, 제발 이전보다는 조금이라도 줄기를 바란다.

---

* 오수미, '이 바닥은 이렇다고? 예능작가가 본 '나는 솔로' 논란', 오마이뉴스, 2024년 4월 19일 자.

지상 최후의 라디오

애월. 첫눈도 왔는데 뭐 해?

주말에 내가 뭐 하겠어. 집. 침대. 이불 속.

나와! 오랜만에 낮술이나 하자!

주말에?

한적한 데 알아놨지. 기가 맥힌 안주도 있다?

　전날 밤부터 서울에 첫눈이 펑펑 와서 창을 닫
고 있는데도 불을 켠 것처럼 밖이 환해 아침 일찍
눈이 떠진 날이었다. 창을 여니 꺅꺅 비명을 지르며
눈사람 만드는 동네 아이들이 보였다. 첫눈 온 날이
든 아니든, 해외 출장이 잦아서 1년에 한 번 볼까 말
까 한 친구의 연락은 반가웠지만 주말 홍대에서의
술 약속이 적잖이 부담스러웠다. 사람 붐비는 곳에
가면 어지러운 나는 금요일 퇴근해 집에 들어가 주
말 내내 칩거하다 월요일 오전 출근할 때에야 집에
서 나가고는 했다. 그렇다고 해도 취향이 잘 맞는 친
구가 발견했다는 아지트 삼아도 좋은 술집이 대체
어떤 곳인지, 기가 맥히다는 그 안주는 무엇이고 맛

이 어떨지, 그런 집이 주말 대목에 홍대에서 어쩌자고 한적해서 걱정 말고 오라는 건지 내심 궁금했다.

'하여튼 나를 꼬드기는 방법을 아는 인간. 그것도 재능이라면 재능이다.'

나는 결국 홍대로 향했다.

친구는 상호가 무엇인지 기억나지 않는 데다가, 길치인 자신이 혼자 거기를 다시 찾아갈 수 있을지 모르겠으니 아예 같이 가는 게 좋겠다면서 동교동 삼거리 쪽 횡단보도 앞에서 만나자고 했다. 주변에 길 잘 못 찾는 사람이 너무 많아서 이제는 길치의 이런 무논리에 되묻지도 않는다. 술집에 간 사람은 본인인데 본인께서 그곳으로 가는 길을 찾을 수 있을지 장담할 수 없고, 가게 이름도 기억을 못 한다니. 어찌 됐든 길치와는 길치 본인이 만나자고 하는 장소에서 만나는 게 가장 현명한 선택이고, 거기서부터는 길치를 모시고 내가 물어물어 길을 찾는 방법이 가장 빠르니 나는 두말하지 않았다.

아무래도 나 5분쯤 늦을 듯. 미안.

평소라면 도착하고도 남을 시간인데 첫눈이 왔다는 걸 간과했다. 멀지 않은 거리지만 평소보다

시간이 더 걸려서 늦는다는 카톡을 보낸 뒤 약속 시간에서 몇 분 지나 약속 장소인 횡단보도에 도착했는데 친구는 없었다. 오겠지 뭐. 근데 분위기가 이상했다. 버스 안에서부터 뭐가 되니 안 되니 쑥덕거리고 짜증 내는 사람들이 많았는데, 그곳 역시 평소와 공기가 달랐다. 거리는 유난히 조용하고, 무언가에 불만인 듯 부산스러운 사람들로 주변이 가득한 느낌이랄까. 뭘까, 대체 무슨 일인 걸까. 나만 빼고 모든 사람은 뭔가를 아는 상황 같은데, 내가 모르고 있는 게 무언지 감이 잡히지 않아 당황스러웠다. 오래전 보았던 미국 TV 시리즈 〈환상특급〉에서 나를 제외한 모두가 같은 언어를 사용하고 나만 다른 언어로 생각하고 말하는 답답한 에피소드의 주인공이 된 기분이었다. 약속 시간이 한참 지났는데 친구는 나타나지 않고 연락도 없었다.

'아, 이 인간이….' 속으로 투덜거리면서 전화 발신 버튼을 눌렀는데 연결음이 들리지 않았다. 이게 무슨 상황이지. 어디냐고, 언제 도착하냐고 카톡을 전송하려고 보니 아까 내가 보낸 메시지 옆에 느낌표(!)가 있다. 전송 실패. 사람들이 쑥덕거리던 이유가 이건가, 통신 이상? 내 전화기만 문제인 것 같지는 않았다. 거리의 사람 모두가 추워서 빨개진 손으로 자신의 휴대폰을 붙들고 애면글면하고 있었으니까.

그때 뒤에서 누군가 소리를 버럭 질렀다.

"전화가 안 되는데 나더러 어쩌라고!"

"연락을 미리 했어야지!"

"전화가 안 되는데 미리 연락을 어떻게 하냐고!"

연인 사이처럼 보이는 이들이 서로에게 화를 내고 있었다. 휴대전화 통신에 문제가 생겼구나. 전쟁이라도 났나? 그런 것 치고는 수도 서울이 너무 조용했다. 그럼, 대체 무슨 일일까. 휴대전화 포털 사이트 뉴스 검색창에서 '휴대폰 오류'를 키워드로 검색했더니 검색 결과가 뜨지 않았다. 음, 인터넷도 되지 않는구나. 지금 밖에 있어도 되는 상황이긴 한 건가? 이래저래 불안하고 점점 더 심란해지는데 드물게 설치된 공중전화에 서 있는 사람은 어찌나 많은지 줄이 대기 시스템 없는 맛집처럼 길고 길고 또 길었다. 공중전화 줄이 이렇게 긴 건 삐삐와 시티폰 시대 이후 처음 보는 것 같은데? 휴대전화와 인터넷 서비스가 불통인 때에 왜 공중전화는 되는지 모르겠지만, 어쨌든 상대의 휴대폰이 되는지 안 되는지 모르는 상태에서 공중전화로 반드시 연락을 하고야 말겠다는 치열한 전투에 뛰어드는 건 내 스타일이 아니었다. 그렇다고 무작정 친구의 집으로 가자니 그사이 길이 어긋날 것 같고, 길에는 첫눈이 잔뜩 와서 쌓여 있고, 날씨는 춥고, 이런 날 하필 밖에서 만나자고 하다니, 나 원 참. 물론 이럴 줄 우리도 몰랐지만.

엄지발가락이 시려왔다. 움직이면 좀 나을까 싶어 "얼지 마, 죽지 마, 부활할 거야!" 겨울날 자주 중얼거리는 주문을 외우면서 횡단보도 이 끝부터 저 끝까지를 종종걸음으로 왔다 갔다 했다. 그러다 몇 걸음 떨어진 곳에서 들려오는 웅얼웅얼 소리를 따라 나도 모르게 홀린 듯이 걸어갔다.

주말 홍대인 걸 믿을 수 없을 만큼 조용한 거리에서 유일하게 들리는 소리의 발신지는 횡단보도에서 대여섯 걸음 떨어진 작은 구둣방이었다. 열어둔 문 사이로 신발의 먼지를 털어내고 닦는 사장님의 모습이 보였고, 웅얼거리는 소리는 사장님이 틀어둔 라디오 방송이었다. 여느 날 같으면 인터넷 앱을 이용해서 틀어대는 홍대 다른 가게의 큰 음악 소리에 묻혀 작은 공간의 라디오 소리는 들리지도 않았을 텐데, 거리가 너무 고요한 덕분에 라디오의 진행자 말소리까지 들릴 정도였다.

발이 시리다 못해 발가락이 아팠고, 구둣방에 들어가서 찬 바람이라도 막으면 훨씬 나을 것 같았다. 구두를 살펴보니 굽 갈 때도 되었겠다, 구둣방 유리문으로 횡단보도가 잘 보이는 각도인 것까지 확인하자 여기다 싶었다.

안으로 들어가 용건을 얘기하니 사장님은 슬리퍼로 갈아 신고 저쪽에 앉으라고 했다. 자리에 앉는 순간, 서서히 얼어붙어가던 엉덩이에 스멀스멀 온기가 스며드는 게 느껴졌다.

'오, 전기방석! 역시 신문물, 문명의 이기, 기술력 최고다.'

그사이 친구가 약속 장소에 도착하지는 않았는지 밖을 힐끗거리며 구두 굽 가는 모습을 구경하는데 구둣방 사장님이 "KT에 불이 나서 그렇대유" 했다. "네?" "전화고 인터넷이고 다 안 돼서 지금 학생들 난리잖아요. 아현 KT에 불이 나서 통신이 다 끊겼대유."

'아, 그래서 전화고 인터넷이고 다 불통이었던 거구나.' 한참 궁금했던, 풀리지 않던 문제의 해답이었다.

"전화도, 인터넷도 안 되는데 그걸 어떻게 아셨어요?" 묻자 손가락 끝으로 어딘가를 가리켰다.

라디오였다. 아, 그렇지. 이 소리를 듣고 나도 여기에 들어왔지.

첫눈 오는 날 친구 만나러 나간 번화가에서 원인을 알 수 없는 통신 두절로 아무도 만나지 못하고 길에 고립(?)돼 있다가 얼어 죽을 것 같아서 추위를 피해 들어간 곳의 생존자에게 들은 통신 이상의 진실. 좀 식상하기는 하지만 아포칼립스 SF 소설의 도입부가 아닌가. 아, 이 우연이 너무 묘했다.

영화 〈나는 전설이다〉에서 인류 멸망 후 유일한 생존자였던 '로버트 네빌'(윌 스미스 역)이 어딘가에 있을지 모를 또 다른 생존자를 위해서 매일 송출했던 AM 방송을 듣고 결국 생존자 '안나'가 찾아오고, 세계의 종말이 왜 일어났으며, 인류를 멸망시킨 괴생명체는 어떤 이유로 출몰했는지 그간의 진실을 들은 순간 같았달까?

'여기는 연희교차로 구둣방, 구둣방. 통신지사 화재로 이 근방 통신은 거의 다 두절됐고, 우리는 전화와 인터넷 아무것도 쓸 수 없다. 이곳은 아직 따스하고 라디오가 있어 세상 돌아가는 상황을 전달받을 수 있다. 진실을 알기를 원하는 생존자는 구둣방으로 오기 바란다. 당신은 혼자가 아니다.'

어딘가에 생존자를 위한 AM 채널 방송이나 무

선통신(HAM) 메시지를 송출하고 싶을 지경이었다.

전쟁이든 종말이든 무슨 일이 일어나면 해외 나 이 나라에서 흩어져 살고 있는 가족과 어찌 만날 것이며, 피난이 다 무슨 소용인가. 다 의미 없으니 영화나 소설의 숱한 주인공들처럼 괜히 누군가를 찾아 헤매지 말고 그 자리에서 할 수 있는 가장 좋아하는 일을 하고 호젓한 최후를 맞이하자고 마음먹어온 터였다. 그러니 종말 못지않게 단절이 찾아온 디지털 고립의 그 순간이 나는 무섭지 않았다. 오히려 문자나 메신저 앱, 전화벨 등 누군가 나에게 용건이 있고 나를 찾는다는 알림음 없는 고요의 그 시간이 정말 좋았다. 오랜만에 모든 의무에서 벗어난 듯한 홀가분함에 마음도 가벼웠고.

그러다 아직 친구도 만나지 못했고, 전화와 인터넷은 불통이고, 그리 신나만 할 상황은 아닌 것 같아서 이성을 다시 불러오기 시작했다. 고립의 상황에 정말 유용했던 정보 전달의 1등 공신, 구둣방 한구석에 놓인 라디오에 시선이 머물렀다. 실로 오랜만에 보는 실물 라디오였다. 테이프를 들을 수 있는 덱이 있고, 기기 위쪽에는 CD 플레이어도 있고, 돌려서 라디오 주파수 맞추는 버튼도 있고, 안테나도 있는 종합선물세트 같은 라디오. 맷돌만 한 크기와 부피의 비슷한 라디오를 나도 한때 썼더랬다. 이미 내 주변 이십대에서 사오십대까지, 아니 칠십대인 내 부모님도 음원사이트 애플리케이션과 방송사 앱으로 음악과 라디오를 듣고 있으니 정말 오랜만에 실물 라디오를 만나는 셈이었다.

오랜만에 고즈넉하기까지 했던 주말 홍대 거리의 유일한 음악은 그곳에서만 흘러나왔다. 오리지널리티의 승리랄까. 기본에 충실하고 순정한 것이 결국 유구하달까. 통신 두절 상황에서 라디오로 음악이 흘러나오는 구둣방의 풍경이 묘하게 뭉클했다. 이 공간만의 활기를 아는지 모르는지, 사장님은 모든 게 별 대수로운 일이 아니라는 듯 성실하고 의연하게 이미 굽을 갈아 끼운 신발에 구두약을 묻혀 온풍기의 뜨거운 바람을 쐬어 닦았다. 구두는 금세 오늘 산 듯한 새것이 되었다. 타이밍 좋게도 연신 횡단보도 쪽을 힐긋거리던 내 눈에 막 도착해서 두리번거리는 친구 모습이 들어왔다.

다행히도 통신 두절의 홍대에서 친구를 만났고, 나는 유일한 통신가능구역을 벗어났다. 종말 후 첫 번째 찾은 안전 벙커를 이탈하는 동시에 또 새로운 셸터(지하 벙커)를 찾아 탐험을 떠나는 생존자 같은 기분으로.

친구 역시 메시지를 계속 보냈는데, 전송 실패를 알리는 느낌표를 뒤늦게 보고 놀라 버스에서 내리자마자 달려왔다고 했다. 자, 이제 우리에겐 또 하나의 미션이 남았다. 인터넷도 되지 않는 상황에 이름도 주소도 모르는 가게를 찾아가는 것이다. '그래 가보자. 미션 파서블일지, 미션 임파서블일지.'

"경의선숲길 초입에서 구불구불한 어느 골목으로 들어서서 걷다가, 고양이 목각인형이 쪼르륵 놓인 곳을 봤는데 거기서 좌회전이었나 우회전이었나 그렇게 어찌어찌 갔어." 그 가게로 가는 길에 대한 친구의 설명. 자유로에서 교통사고 났을 때 보험사에 전화해서 상담원에게 "자유로, 나무가 있는 구부러진 길옆이에요"라고 위치를 설명했던 너지. 어, 조금도 놀랍지 않아. 처음에 들어갔던 골목길만 부디 잘 살피어서 내게 알려달라고 말한 뒤 그곳에서부터 같이 걸으며 "이거 본 기억나?"를 스무 번인지 서른 번인지 물은 후에야 나는 그 주점을 찾을 수 있었다.

어둠침침한 벽 색깔에 호롱불처럼 생긴 주황색 전등 몇 개, 바 자리와 테이블마다 놓인 작은 촛불, 친구가 이야기했던 한적한 그곳은 정말 셸터 혹은 동굴 같았다(좋은 의미로). 조도가 낮은 조명, 그리고 공간을 채운 나긋나긋한 음악이 또 한 번 나를 기분 좋게 했다. 도무지 어디로 흘러갈지 알 수 없는 하루였지만 그곳에 들어서는 순간 분명 처음 왔는데 여러 번 왔던 곳처럼 아늑한 기분이 들었다. 핵전쟁? 외계인 침략? 어떤 이유로든 인류는 아포칼립스를 맞았고, 거기에서 살아남은 사람들이 이 동굴에 모여든 것 같았다. 지구 종말 최후의 생존자 무리로 이날 하루 캐릭터를 설정한 우리는 그렇게 두 번째 동굴을 찾아 들어갔다.

들어서니 알렉산드르 빠드볼로또프의 〈하얀 자작나무〉가 흘렀다. 첫눈이 온 날 이런 곡을 틀어주시다니, 아 사장님 선곡 센스 보소. 이 음원이 방송사 말고는 국내에 없는데, 녹음이라도 해서 들려주는 건가 했는데 음악이 끝나고 DJ의 말이 들리기 시작했다. '아, 클래식 FM. 여기도 인터넷이 안 돼서 라디오를 틀었구나.' 전화나 메시지가 오지 않는, 아무도 날 찾지 않는 오늘 같은 날 제격인 가게였다. 손님은 우리를 포함해서 세 테이블. 친구의 말대로 주말의 홍대인데도 가게는 붐비지 않았고 아무도 서로에게 방해가 되지 않았다.

친구가 말한 이 주점의 기가 맥힌 안주는 석화에 다진 고추와 마늘 조금, 그리고 석류알과 고수 잎을 얹어 스리라차 소스를 뿌린 음식이었다. 한국식 초장과 생굴의 조합과는 또 다른 스리라차 소스와 고수 잎, 생굴의 절묘한 조화가 정말 기가 맥혀서(태국에서는 진짜 이렇게 석화를 먹으려나?) 우리는 코끼리가 그려진 '비어 창'(태국 맥주 중 하나)을 콸콸 마셨다. 그리고 이날 재난방송 아닌 재난방송이 되어버린 클래식 채널 라디오의 선곡에 열광했다.

그래서 아포칼립스 이후의 라디오는 음악을 방송할 수 있느냐 없느냐를 가지고 서로 별별 헛소리를 이어가다가, 좀비는 소리에 민감하기 때문에 좀비와 함께 아포칼립스를 맞은 거라면 라디오는 좀비가 출몰하지 않는 낮에만 틀 수 있다 뭐 이런 얘기로 넘어가기도 했고.

카드 단말기도 작동하지 않고, 은행 ATM까지 멈춰서 술값 계산하는 데 애를 먹긴 했지만 다행히 버스를 타는 데는 아무 문제가 없어 무사 귀가했다.

인터넷과 휴대전화가 되지 않는 날이라니. 거리에서 각종 벨 소리와 알람, 음악 대부분이 사라진 세상은 참 고요했다. 그 상황이 매우 낯설었지만 동시에 마음 편했다. 어디에도 응답하지 않아도 되고, 현재 그 시간과 그 장소의 나로만 오롯이 존재하면 됐으니까. 하지만 통신이 재개되고서야 그날 유난히 고요했던 세상 너머로 생과 사의 기로에 놓인 사람들이 있었다는 걸 알았다. 병세가 위급했던 어떤 분은 119를 부르지 못해 세상을 떠났고, 카드 결제나 현금 이체가 되지 않아서 금전적 손실을 본 자영업자들도 많았다. 그리고 고립감과 공포를 느낀 사람도 많았다고 했다. 몸이 아파서 집에 혼자 있을 수밖에 없는데 이동마저 자유롭지 않은 상황이었다면 더더욱 그러했으리라.

오랜만에 생각이 나서 거리 뷰로 찾아보니 동교동 구두수선집도 아포칼립스의 피난처 같았던 동굴 주점도 사라졌다. 올지 안 올지 모를 종말보다 나는 요 몇 년 사이의 코로나19 시국이 더 무서웠다. 혹시 내가 누군가에게 감염병을 전염시키는 폐를 저지를까 봐 고립을 자처했지만 고요와 호젓함을 좋아하는 나도 이 정도로 오래 혼자여야 하는 시간은 쉽지 않았다. 사업하는 분들은 사람들의 외출과 영업 가능 시간이 줄면서 전체 수입이 적어져 꽤 고전했다고 한다. 구두수선집과 동굴 주점의 폐업에도 영향이 있었을지 모르겠다.

지금 그때 같은 일이 일어난다면 나는 집에 혼자 있을 반려견 샤키가 걱정되어 바로 귀가했을 것이다. 대중교통 운행이 가능하다면 다행이지만 그렇지 않다고 해도 몇 시간이 걸리든 걸어서 집으로 향했을 것이다. 홍대 일대에 통신 두절 사태가 있었던 그때는 샤키와 만나기 전이었다.

그리고 2023년 5월 31일, 비슷한 일이 또 일어났다. 샤키와 내가 한창 단잠을 자던 오전 6시 몇 분. 경계경보 사이렌이 울리기 시작했다.

"우우우우우 경계경보입니다."

민방위훈련 할 때나 들었던 사이렌이 이 아침에 울리다니, 실감 나는 꿈인 줄 알았다. 하지만 사이렌 소리에 잠이 깬 샤키가 하울링을 시작했고, 경계경보 사이렌과 동네 개들의 하울링, 그 심란한 합창 소리에 결국 잠에서 깨지 않을 수 없었다.

자연재해 직전 동물들이 이상 반응을 보인다는 글을 어디서 읽은 게 생각나서, 처음에는 지진이라도 곧 나려나 싶었다. 하지만 다행히 지진이나 자연재해는 일어나지 않았고, 불행히 사이렌도 꺼지지 않았다. 이어서 대피할 준비를 하라는 재난문자까지 도착하니 세계 유일의 분단국가이자 휴전 국가에서 평생 살아온 불안초조쟁이답게 나는 '우리나라 영공으로 북측 비행기라도 넘어왔나 보군' 생각했다. 얼른 TV를 켜서 한창 아침 뉴스 생방송 중인 재난방송사의 공적 채널 KBS 1TV를 봤지만, 자막 속보도 뜨지 않고 뉴스 앵커도 아무 말이 없어서 어찌 된 상황인지 알 길이 없었다.

트위터를 보니(트위터가 되는 걸로 보아 인터넷 두절은 아닌 상황이란 것부터 인지했고) 일단 서울 전역에 경보가 울린 모양이었다. 출근을 해야 하는지, 대피를 먼저 해야 하는지 모두 우왕좌왕이었다. 나 역시 어떡해야 하나 고민을 하다가 일단 자연재해든 전시 상황이든 집에서 바로 달려 나갈 수 있는 상태로 대기를 해야겠다는 생각이 들었다. 멈추지 않는 사이렌에 맞춰 하울링을 하는 개를 우선 진정시킨 뒤 텀블러에 물을 옮겨 담고, 신분증과 여권, 현금과 귀금속, 비상약통, 담요 두 벌과 개 사료를 배낭에 챙겨 머리맡에 두었다. 몇 년 전 경주에서 큰 지진이 일어났을 때 비상용으로 구비해둔 FM/AM 수신전용 재난용 라디오와 AA 건전지 몇 세트도 챙겼다. 건물이 무너지는 상황이면 대피해야겠지만 그렇지 않다면 어떤 비상 상황이어도 어차피 개를 데리고 대피소로 갈 수는 없으니(대피소는 반려동물 동반 불가) 나는 집에 남아야 할 것이었다. '행복했고, 여한도 없다. 나는 나의 샤키와 장엄한 종말을 맞으리라' 마음을 다졌다.

다 챙긴 배낭을 메고 개를 넣은 가방은 안은

채 라디오를 들으며 현관에 서 있었다. 대피소로는 가지 못해도 집에서는 나가야 하는 상황일 수도 있으니까. 하지만 비상 상황에 면한 나의 이런 비장한 마음가짐과 단단히 챙긴 피난 배낭이 부끄럽게도 얼마 뒤 실수로 울린 사이렌이라는 정정 문자가 도착했다. 성격상 이 문자는 과연 믿어도 좋은지 의심하고 또 의심하며 여전히 앞에는 개, 뒤에는 배낭을 멘 상태로 현관문 앞을 서성일 때 손에 쥐고 있던 공영방송의 AM 라디오에서 아나운서의 신뢰감 있는 목소리가 흘러나왔다. "잘못 전송된 재난문자입니다. 국민들께서는 안심하시고 일상으로 돌아가 생활하시기 바랍니다."

비상 상황에 왜 일단 라디오가 필요한지 실감하고 체감한 날이었다. 하지만 과연 전쟁이나 지구 종말에도 방송국은 무사할까? (재난방송사 방송국에는 바로 그런 비상 방송을 위한 벙커가 존재한다는 소문을 듣기는 했다.) 누군가는 도망가지 않고 방송 장비가 있는 어딘가에 남아서 라디오 방송을 진행할까? 의문이긴 하다.

영국 BBC의 마이다 베일 스튜디오(Maida Vale Studio)에서 제2차세계대전 때 독일의 폭격을 피해 뉴스를 방송했던 일이나 6·25가 발발한 이틀 뒤인

1950년 6월 27일 이승만 전 대통령이 한 라디오 연설이 존재하는 걸 보면 가능하긴 한 모양이다. 하긴 영화 〈굿모닝 베트남〉도 실화를 바탕으로 만든 작품이니까. 베트남전이 한창이던 그곳에서도 라디오를 방송하긴 했구나. 다양한 장소에서 라디오 듣는 걸 즐기지만 아무리 그래도 전쟁이나 종말 이후에 라디오 듣는 일은 없었으면 좋겠다. 상상만 해도 슬프다.

나는 정말 라디오를 좋아했을까?

초고를 출판사에 보낸 뒤 편집자를 만나 내 글의 장점과 염려스러운 부분에 대해 의견을 듣고 돌아오는 길, 왜인지 한 문장이 머릿속을 계속 떠나지 않았다. '나는 정말 라디오를 좋아했을까?'라는 의문이었다.

'아무튼, 라디오'를 쓰기로 했으니, 라디오를 주제로 줄줄 글이 써져야 할 텐데 '아, 라디오를 주제로 할 말이 없다. 쓸 말도 없고. 나는 이 하나의 주제로 책을 낼 만큼 라디오를 좋아하는 사람은 아닌지도 모르겠어. 정말 좋아한다면 쓰고 쓰고 또 써도 할 말이 많아서 술술 책이 써지지 않을까? 무언가를 무척 좋아한다는 건 그런 거 아니야?' 이런 생각으로 속이 시끄러웠다. 글을 쓰다 좀 지쳐서 어쩌다 잠시 그런 것도 아니고, 여러 번이나 이런 시기가 찾아와서 '『아무튼, 라디오』 저자로 이애월 과연 합당한가'라는 논쟁을 매일 나 스스로와 나누는 지경에 이르렀다.

그래서 출판사와의 중간 미팅 자리에서 좀 망설이다가 편집자에게 고백했다. 내가 정말 라디오를 좋아하는지 모르겠고, 그래서 이 주제의 저자로 적합한지 잘 모르겠다고.

편집자는 웃으며 말했다. "아무튼 시리즈의 많

은 작가님이 그렇게 이야기하셨어요. 내가 그걸(자신의 주제) 좋아하는 사람인지 모르겠다고요. 쓰다 보면 한 번씩 그 고비가 오죠."

'그렇구나. 그런 생각을 한 번쯤은 하는구나.' 그 말은 위로가 됐지만, 다른 이들도 그렇다고 해서 내가 괜찮은 건 아니었다. 편집자의 위로에도 의심 많은 나는 여전히 내가 적임자인지 모르겠다는 생각이 들었고, 그때부터 좀 더 본격적으로 내가 '아무튼, 라디오'를 써도 될 만큼 라디오를 진짜로 좋아하는지 되짚어보기 시작했다.

한참 열심히 쓰고 수정하면서 글을 완성해도 될까 말까 한 시점에, 그러니까 상견례 다 마치고 식장 예약도 끝나고 신혼집 계약도 끝나서 가구도 이불도 골랐고 커튼이나 쿠션을 고르면서 결혼식 답례품은 그래서 할지 말지 한다면 뭐를 할지 등 준비할 게 여전히 많이 남은 결혼 예정자가 문득 맥이 탁 풀려서는 아무 일도 하지 않으면서 이 결혼의 본질을 되짚는 '나는 너를 정말 사랑하나? 너는 나를 정말 사랑하고? 사랑은 뭘까? 결혼은 뭘까? 이런 내가, 이런 우리가 결혼이란 걸 해도 될까?' 같은 의문에 빠지는 것처럼.

글이 똘똘하게 풀리지 않으니 내 마음이 진짜

가 아니라서 중언부언하는 거란 생각이 들었고 그러자면 내가 이걸 정말 진심으로 좋아하고 사랑한다는 증거를, 이 책을 군이 써야만 하는 이유를 찾아야 진짜를 향해 나아갈 수 있을 것만 같았다. 다시 생각해도 황당하지만 이 일뿐 아니라 나는 늘 그놈의 소울, 그놈의 진정성을 찾아야만 결국 끝까지 움직이고 레이스를 마칠 수 있는 사람이라서 어쩔 수 없다. 그리하여 나는 책 계약을 한 1년 뒤 어느 날 문득 '나는 진짜 라디오를 좋아했을까?'에 대한 답을 구하기 시작했다.

자 그럼, 일단 시간순으로 가보자. 나는 왜, 어쩌다 라디오를 듣기 시작했을까?

요즘처럼 갈 곳이나 놀 거리가 많았으면 좋았을 텐데 내가 어린이였던 1980년대에는 뭐 하고 놀게 없었다. 게다가 생각이란 것이 커지기 시작한 고학년의 어린이는 누군가에게 하고 싶은 말이 많았고, 또 자주 떠오르는 생각이나 질문에 대해 누군가의 말이나 답을 듣고도 싶었다. 대화 상대가 절실히 필요했는데 뭐가 그리 잘나셨었는지 또래 친구들은 유치해서 말 섞고 싶지 않았고, 주변에는 초등학생과의 대화에 긴 시간을 쓰겠다는 어른이 없어서 나는 라디오를 듣기 시작했다. DJ들은 지정된 시간

동안 계속 말하는 게 맡은 바 소임이라 해주는 말이 많았고, 마침 대화의 주제는 인생, 음악 같은 것들이었다. 하고 싶은 말이 많았던 나도 DJ가 말하는 데 끼고 싶어서 엽서와 편지를 열심히 쓰기 시작했다. 놀아주는 이 없던 초등학생에게 라디오는 접근이 용이하고 대화의 거부라고는 없는 대화 상대이자 절친이었던 것. 게다가 얼마나 편하고 좋은지. 놀다가 해가 져도 집으로 돌아가느라 헤어질 필요가 없었고, 헤드폰만 끼면 밤 10시에도 11시에도 뭐라는 사람 없이 아무 때나 이야기를 들을 수 있는 친구였으니 참 더할 나위 없었다. 매일 같은 시각, 약속을 어기지 않고 찾아오는 성실한 대상인 것도 좋았다. 거기다 음악도 들을 수 있고 연예인도 출연하니 막 시작된 사춘기의 덕질까지 한 번에 다 해결되는 매체가 아닌가.

이십대 때에도 라디오는 잠이 오지 않는 새벽의 친구로 남아 있었다. 사귀는 사람도 절친도 잠든 시각 세상에 나 혼자 깨어 있는 건가 싶었던 밤, 나처럼 잠들지 않은 사람들이 라디오 앞에 모여 앉아 따로 또 같이 시간을 보내고 있다는 사실만으로 외롭지 않았다. 사회 초년병 시절, 일일이 다 물을 수 없던 질문을 묵묵히 들어주고 음악으로 함께 고민

해주는 상대는 여전히 라디오였다. 이 무렵의 나는 마왕 신해철의 〈FM 음악도시〉부터 〈전영혁의 음악세계〉까지 다 듣고서야 잠들고는 했다.

그러다 라디오가 일터가 되었다. 내가 오랫동안 듣기만 해온 라디오 프로그램을 만드는 사람이 되다니. 처음 몇 년은 매일 방송국에 견학 가는 기분으로 라디오 제작 시스템을 익히는 재미가 있었다. DJ가 부스 안에서 아무리 떠들어도 말소리가 방송으로는 들리지 않다가 엔지니어가 콘트롤박스의 버튼을 올리면 DJ의 말이 방송으로 송출되기 시작하는 모습도, 라디오 스튜디오 안에서 PD의 손에 들려 있던 LP나 CD의 노래가 턴테이블이나 CD 덱 같은 각각의 저장 장치를 통해 전국 어디든 동시에 들을 수 있는 거리의 음악이 되는 것도 신기했다.

라디오 프로그램에서 일하며 가장 재미를 느꼈던 건 글이 말로 변하는 순간을 눈앞에서 만나는 일이었다. 내가 쓴 오프닝 멘트, 내가 쓴 원고가 DJ라는 사람의 성별, 음성의 높낮이, 발음, 낭독의 속도, 라디오가 방송되는 시간과 날씨에 따라 다른 느낌의 말이 된다는 뻔한 사실이 늘 새롭게 경이로웠다. 이별한 사람의 사연을 아침 7시 출근길에 들을 때와 오전 10시 커피 한잔 마시면서 집에서 들을 때, 오후 3시 조금 나른하고 졸린 시간에 들을 때, 밤 12시 자려고 누워 들을 때 다 다르게 다가왔던 경험도.

　　내가 쓴 글이 말이 되는 감동이 사그라들 무렵엔 라디오와 음악을 좋아하는 사람들을 만나는 재미로 지냈다. 팝 음악 대천재에서 록 음악통, 월드 뮤직 전도사에 음악 선곡 대왕, 전 세계 안 가본 곳이 없는 배낭여행 전문가에 취미 부자까지 멋지고 능력 있는 방송국 사람들과 동료로 지내는 일이 좋았다. 그리고 프로그램 홈페이지의 게시판이나 청취자 채팅방을 통해서 라디오 프로그램에 귀를 기울이는 다양한 사람들의 청취 후기와 삶을 구경하는 즐거움이 있었다.

　　일이 고될 때면 방송국 사람들은 위로가 되지 않았다. 사실 일하며 나를 힘들게 한 것도 그들이었으니까. 그럴 땐 내 라디오를 듣는 누군가가 힘이 되어주었다. 그 무렵 나에게는 내 프로그램이나 내 프로그램이 속한 라디오 채널을 고정해두고 듣는 가게들을 선으로 연결해서 만든 '동네 라디오 프롬 나드(산책길)'가 있었다. 집으로 돌아오는 퇴근길, 마을버스에서 두 정거장 먼저 내리면 바로 보이는 세탁소에서 거리까지 들리도록 틀어둔 라디오를 들으며 걷기 시작한다. 라디오를 들으며 일하는 사장님이 있는 수선집에서 골목으로 꺾어 라디오 소리를 따라 과일가게까지 쭉 걸어가면 라디오를 배경음악으로 켜둔 병원 건물이 나온다. 병원을 반환점 삼아 돌아서 다시 절반쯤 되짚어 오면 집에 당도했다. 기진해졌다가도 천천히 30분쯤 걸리는 이 '라디오 프롬나드' 산책 덕분에 나는 '이 맛에 내가 라디오 일을 하지' 하고 힘을 냈다.

세탁소 아저씨는 모 DJ의 팬이라고 했다. 옷 수선집 아주머니는 난방이 안 되는 건물이라 공간이 춥고 서늘해서 사람 목소리라도 도란도란 들리면 덜 춥고 따순 기분이라 좋다고. 과일가게 아저씨는 장사도 뻔하고 일도 힘들지만 음악 들으면 신나니까 기분 좋게 일하려고 라디오를 틀어둔다고 했다. 병원 직원은 분위기가 적막해지지 않아서 좋고, 사람들이 진료받거나 주사 맞으며 내는 소리에 미리 겁먹지 않게 하려고 라디오를 배경음악으로 둔다고 했다. KBS 2Radio 주현미의 〈러브레터〉와 CBS 음악FM 〈박승화의 가요 속으로〉 팬인 울 엄마에게도 물어보았다. 엄마는 주현미의 〈러브레터〉는 아침밥 먹고 봉지 커피 한 잔 타 먹으면서 노래

듣기 좋고, 〈박승화의 가요 속으로〉는 저녁 반찬 하면서 아는 노래 흥얼흥얼 따라 부르기 좋다고 했다. 그렇다. 모두 라디오를 듣는 나름의 이유가 있다.

그러자 나도 문득 생각이 났다. 언젠가 프로그램을 그만두고 싱가포르에 있는 친구네서 몇 주 지냈던 때가. 사업에 한창 바빴던 친구는 매일 출근해서 야근하고 집에 돌아와 잠이나 겨우 자는 형편이었다. 처음에는 여행 기분으로 신이 났지만, 같이 시간을 보낼 사람도 이야기를 나눌 사람도 없으니 마치 싱가포르 친구네 아파트에 유배된 것 같았다. 그렇다고 무작정 나가서 현지 사람을 친구로 만들 만큼 외향적인 성격도 아니었고. 지금이야 혼자 놀기가 일상이지만 그때만 해도 혼자 시간을 잘 보내지 못하는 이십대였다. 관광을 하지 않는 사람으로 해외에 있자니 놀러 간 사람인데도 공허한 기분이 들었다. 그날은 잠이라도 자러 들어오던 친구가 연인과 다투어서 외박을 해야 할 것 같다고 했다. 타국의 커다란 집에 혼자 있으려니 무섭기도 하고, 무척 쓸쓸한 기분이 들었다. 누군가 내게 말을 걸어주었으면 좋겠다는, 누군가에게 말을 하고 싶다는 생각이 들었다. 하지만 밤 12시가 넘은 시각에 어디론가 뛰쳐나갈 수도 없었고, 그 나라에서 유일하게 아는 사람인 친구는 다른 곳에 있었다. 그때 친구의 침대 벽에 내장된 콘트롤러가 눈에 들어왔다. 에어컨과 라디오의 전원을 켜고 끄고 조정하는 버튼 박스였다. 라디오를 켰다. 록과 팝 음악, 절반도 알아듣지 못한 DJ의 멘트를 들으며 몇 번 돌아눕기를 반복하다 새벽 어느 시간 즈음 잠이 들었다. 누군가가 말하는 소리를 듣는 게 슬픔과 불안을 진정시켜준다는 걸, 적어도 나는 거기에서 위로를 얻는다는 걸 그때 처음 알았다.

그러고 보면 누군가 내게 말을 걸어주기를, 내 말을 들어주기를, 내 마음을 알아주기를 바라는 존재로, 내가 여기 있다는 걸 알리고 싶어 하는 존재로 우리는 태어나는 게 아닐까. 라디오는 여전히 실시간으로 이야기를 듣고 답하는 유일한 공적 매체이며 말과 음악과 대화와 위로가 있는 존재다. 인간의 바람에 딱 맞는 매체인 셈이다. 이것이 TV가 나오면 사라질 것이라던 라디오를 아직도 세계 각지의 사람이 좋아하고 듣는 이유이지 않을까?

다양한 루트로 언제든 원하는 음악을 들을 수 있는 2024년에도 청취자들이 라디오에 신청곡을 보내는 것도 신기하다. 내가 좋아하는 걸 나누고 싶은 마음, 그리고 누군가와 같이 듣고 싶은 마음 때문일 것이다. 맛있는 음식을 먹을 때 함께 먹고 싶은 누군가를 떠올리는 것처럼.

우리에게 '위로'는 얼마나 간절하고, 또 의미가 큰 것일까. 누군가의 사연이나 DJ의 멘트, 청취자 채팅방 속의 대화가 내게만 건네는 말이 아닌 걸 알면서도 위로를 얻는다. 어느 시절 들었던 노래 역시 위안이 되어주기도 한다. 정확하게 내게 오는 위로가 없어서 허공에 떠도는 말을 가져와 나의 위로로 삼아야 했던 어느 시절도 있었다. 그래서 나는 더 열심히 누군가를 위로하고 응원하고 싶었다.

날씨가 아주 좋았던 어느 해 5월, 생방송이 한창이라 수백 수천의 문자가 정신없이 도착하는 가운데 한 사연이 눈에 딱 들어왔다.

날씨가 좋아서 다들 하늘만 봐도 기분이 좋다는데 제 기분은 왜 이럴까요? 저만 다른 별에 사는 것 같아요.

DJ가 사연을 읽고 위로해주면 좋은데, 프로그램에 도착한 모든 사연에 다 답을 하진 못한다. 사연을 먼저 본 내가 일단 답을 보냈다.

그런 때가 있죠. 그 마음 이해합니다. 하지만 마음이 달라지기도 해요. 조금 기다려보세요. 일단 오늘은 뜻하지 않게 기분 좋을 일을 하나 드려봅니다.

문자와 함께 커피 쿠폰을 보냈다. 그리고 몇 년 뒤 그분이 다시 사연을 주었다.

언젠가 저만 다른 별에 사는 기분이라는 문자에 작가님이 달라질 수도 있다고 커피 쿠폰과 답장 주신 적 있는데, 이런 날이 오네요. 그때는 정말 힘들었지만 요즘은 살 만합니다. 참 감사했어요.

이분의 마음이 오래도록 오늘과 같기를 기원했다.

요양원에 계신 아버지 뵈러 가요. 오빠 돌아가시고 처음 가는데 오빠 일 아직 말씀드리지 못했어요. 어찌해야 좋을지. 일단 아버지 좋아하시는 호박죽 쑤어 갑니다.

방송이 시작되고 도착한 이 문자 사연을 보고 생방송 중에 눈물이 쏟아져서 혼났다. 자주 사연을

주던 청취자는 아니었다. 그럼에도 이분의 마음을
짐작해보고 말을 고르고 골라 답을 보냈다.

　마음이 어려우시겠습니다. 오랜만에 보는 반가
운 얼굴과 호박죽에 아버님께서 많이 기뻐하시겠
습니다. 조심히 잘 다녀오셔요.

　이분에게는 아버님과 같이 드실 수 있는 제과
점 쿠폰을 보내드렸고, 다음 날 덕분에 잘 다녀왔다
는 문자를 받았다.
　매번 면접에서 떨어져서 속상하다는 취준생의
문자나 가족 때문에 상처받았다는 청취자의 문자에
도 나는 그냥 지나치지 못하고 답을 했다. 답이 와
서 놀랐다는 사람도, AI의 자동 답장이냐고 묻는 이
도 있었다. 자신이 힘들었을 때 가장 듣고 싶었던
말을 결국 누군가를 위로할 때 하게 된다는 말을 믿
는다. 내가 힘들 때 듣고 싶었던 말을 나는 청취자
에게 문자 사연의 답장으로 보냈다. 어느 시절의 나
를 내가 위로하는 기분으로.
　우리는 가족이나 친구, 연인에게 있었던 모든
일에 대해 말하고 들을 수 없다. 하루에도 몇 번씩
일어나는 작은 상심의 순간이나 위로가 필요한 순

간을 다 말로 하고 일일이 마음을 건네고 받을 순 없다. 그리고 대단히 의미 있는 말도 아니고 그 말을 들어줄 대상이 필요한 것도 아닌, 그저 혼잣말이라도 말해짐으로써 해소되는 작은 감정의 언어도 있다.

혼자 밥 먹다 혀를 깨물었는데 눈물 나게 아플 때, 침대 정돈하다가 모서리에 정강이나 발가락을 세게 찧었을 때, 방금 한 요리가 너무 맛있는데 나 혼자뿐일 때, 정말 먹고 싶었던 음식을 달려가 먹었는데 맛이 없을 때, 남들 눈에는 아무런 문제가 없어 보이는데 나는 늘 속이 허전하고 헛헛할 때, 오래된 연인이나 친구, 부부 관계가 전과 같지 않을 때, 다 행복한데 나만 행복하지 않은 것 같을 때, 그럴 때 겨우 혼잣말로나 할 수 있는 종류의 이야기를 들어주기 위해 라디오는 존재하는지도 모른다. '쟤가 그때 그런 헛말을 했지' 소문내지 않고, 뒷말하지 않고 들어줄 곳은 라디오뿐이니까.

어느 순간 사람이 하는 거의 모든 일에서 탁월한 결과를 내고 있는 AI가 가장 못하는 게 바로 공감과 위로라는 말은 다소 안심이 된다. 공감과 위로는 사람을 사람답게 만드는 최후의 덕목이라고 믿는다. 그래서 가장 열심이고 싶고, AI에게 절대 내어주고 싶지 않기도 하다. 누군가 이야기하고 싶을 때 나는 그 사람이 말하고 싶은 곳에 있는 사람이고 싶었다. 답이 필요한 것 같으면 답을 주고, 모른 척해야 할 것 같으면 그냥 읽고만 마는, 얼굴은 모르지만 늘 거기 있는 사람으로. 이게 내가 라디오를 통해서 할 수 있는 직업인으로의 다정, 그리고 이 사회에 할 수 있는 아주 작은 나의 선의.

신기하게도 라디오에는 이런 마음에 꼭 답장을 하는 분이 있다. 귀농하여 수박 농사를 시작한 분은 가장 크고 예쁜 수박을 골라 보내주었는데, 내가 그 프로그램에서 일한 5년 동안 매해 여름 잘생긴 수박이 도착했다. 용돈을 받은 적도 있다. 사연을 보냈는데 일이 생겨 방송을 듣지 못했다고 연락이 왔기에 그날분의 녹음 파일을 이메일로 보냈더니 5만 원권 두 장과 그날 방송의 의미와 감사의 말을 담은 편지를 봉투에 넣어 우편물로 보내온 것이다(하하하. 현금을 우편물로 받은 경험은 처음이라 무척 재미있었지만 따로 연락을 해서 돈은 돌려주었다). 액세서리 공장이나 화장품 회사에서 일하는 분들은 만든 물건을 선물로 보내주었다. 당신이 먹어보니 맛있었다면서 과자나 빵을 보내주는 분들까지. TV 프로그램에는 없는 라디오 청취자와 프로그램 제작

진의 이런 관계를 부르는 멋진 말이 세상 어딘가에는 있을 것도 같다.

이런 '청취자와의 관계'와 비슷한 사이가 하나 더 있다. '트친(SNS 트위터 친구)과의 인연'인데, 이게 참 묘하다. 몇 분은 실제로 만난 적도 있지만 나는 여전히 그분들 상당수의 얼굴도 나이도 모른다. 사용하는 단어와 경험으로 미루어 어떤 분들인지 짐작만 할 뿐. SNS에서 글을 쓰며 교류하다 보니 얼굴 모르는 분들에게 무얼 받는 일도 있었다. 몇 해 전 수술을 받게 되어 수술 잘 받고 회복 중이라고 썼더니 꽃과 비타민과 귀한 음식 등을 보내준 분들이 있었다. 우리는 서로 얼굴조차 본 적 없이 글이나 읽는 사이인데도 좋은 일이 생기면 축하를 건네고, 아프거나 슬픈 일이 있으면 위로를 건넨다. 세상에 이런 관계가 존재한다니. 그렇게 모르는(그러면서 서로의 하루를 구경하고 있어서 또 이렇게 잘 알 수도 없는) 사람을 좋아하고 응원하고, 잘 되길 바란다는 건 얼마나 신기한 일인가.

대부분의 사람은 나에게 관심이 없고, 몇몇은 나를 좋아하거나 호의적이다. 또 몇몇은 나를 싫어하거나 크게 반감을 드러낸다. 살다 보면 만나는 이 무관심과 반감은 어쩔 수 없고, 호의는 참 고맙다.

그렇지만 굳이 나쁘게 구는 태도나 적의에는 지지 않으려고 노력한다. 정확히 화내거나 나쁜 감정이 머문 순간을 열심히 흘려보낸다. 세상 어딘가에는 괜히 나를 좋아해주는 누군가가 있고, 이유 없이 다가오는 응원이 있음을 기억한다. 그래서 운이 나쁠 때, 일이나 세상 돌아가는 상황이 좋게만 보이지 않을 때 오늘은 아직 세상의 좋은 면이나 누군가의 호의나 응원을 만나지 못했을 뿐이라는 생각을 해본다. 영화 〈베테랑〉에서 주인공 서도철이 "우리가 돈이 없지 가오가 없냐?"라고 고함친 것처럼 나도 외쳐본다. '우리가 얼굴을 모르지 주고 받은 응원이 없냐?' 그렇게 언젠가 얼굴도 모르는 분들에게 건네받은 격려의 말을 다시 꺼내어 되새긴다. 이런 마음으로 오늘도 나는 면접에 떨어진 청취자를 응원하는 문자를 보내고 힘든 하루를 보내고 있는 것처럼 보이는 SNS 이웃에게 용기를 건네는 멘션을 달 것이다.

인간은 어떤 존재일까? 사람의 마음은, 그 본성은 선한 것일까, 이상하거나 악한 것일까? 오래 여러 번 스스로에게 질문해보았지만 답은 잘 모르겠다. 살아온 시간만큼 너그러워졌으면, 나이 먹을

수록 좋은 사람이 되었으면, 더 많은 걸 이해하는 마음 너른 사람이 되었으면 하고 바라지만 정말 그렇게 나이 들고 있는지 잘 모르겠다. 그래도 예전에는 상상하거나 공감할 수 없던 일에 조금씩 천천히라도 마음을 열게 되면 참 좋고 기쁘다. 다양한 사람을 겪어보지 않고서는, 이렇게도 저렇게도 살아가는 사람의 이야기를 두루 듣지 않고서는 몰랐을 일을 그럴 수도 있겠다, 수긍할 수 있게 되어 다행이다. 점점 누군가를 예전이나 지금보다는 더 이해하는 사람이 된다면 좋겠다. 다양한 모습으로 살아가는 사람들의 이야기를 들을 수 있는 라디오는 마음을 누그러뜨리고 사람을 이해하는 데에 분명 도움이 된다. 이것이 내가 라디오를 좋아하는 이유 중 하나다.

생의 본질적인 외로움을 아는 사람이 좋다. 인생의 어떤 부분은 나만이 올곧이 견뎌야 한다는 걸 알고 있는 사람. 평생 누구에게도 이해받지 못할 생의 부분이 있음을 아는 사람. 하여 영원히 외롭지 않을 어떤 관계를 추구하기보다 때로의 관계나 만남이 주는 온기에 기꺼이 고마워할 줄 아는 사람. 때문에 나는 '당신은 영원히 외롭지 않을 것입니다'라는 말보다는 '우리는 내내 외로울 것이나 때론 어떤 존재와 온기로 생의 고독을 잊을 수 있을 것입니다'라는 말이 더 좋다.

언젠가 내 일기에 쓴 이 구절에 라디오는 참 잘 어울린다. 이런 마음으로 각자의 공간에서 라디오를 듣고 있을 사람들을 떠올리면 마음이 뻐근해진다. 그래서 나는 라디오가 좋다. 라디오를 듣는 사람도. 어쩌면 좀 많이 사랑하는지도.

클로징 멘트

세계 최초의 라디오 방송은 1906년 12월 24일 과학자 레지널드 페센든이 미국 북동쪽 근해를 항해하던 배들에 띄운 음악 한 곡과 낭독한 성서 한 구절, 그리고 외친 "메리 크리스마스!"라는 인사였다고 합니다.* 항해 중 스피커로 모스부호만 듣던 뱃사람들은 깜짝 놀랐다고 하죠. 하지만 이내 큰 위로를 얻었다고 해요. 배 위에서 오래 혼자였던 사람이 많았으니까요.

제게도 라디오는 그런 존재였어요. 홀로 바다 위를 항해하던 이에게 들려온 음악 한 곡, 성서 한 구절 그리고 크리스마스 인사 같았죠.

제가 라디오를 만나 위로를 얻었듯 여러분도 그런 존재를 찾으실 수 있기를 바라요. 라디오면 더 좋고요.

* 송현숙, '1906년 세계 최초 라디오 방송 성공', 경향신문, 2010년 12월 23일 자.

나를 만든 세계, 내가 만든 세계
'아무튼'은 나에게 기쁨이자 즐거움이 되는,
생각만 해도 좋은 한 가지를 담은 에세이 시리즈입니다.
위고, **제철소**, **코난북스**, 세 출판사가 함께 펴냅니다.

아무튼, 라디오

초판 1쇄 2024년 10월 7일

지은이 이애월
펴낸이 김태형
디자인 일구공
제작 세걸음

펴낸곳 제철소
등록 제2014-000058호
전화 070-7717-1924
팩스 0303-3444-3469

right_season@naver.com
instagram.com/from.rightseason

ISBN 979-11-88343-74-4 02810